dtv

Tim sitzt im Knast – zwanzig Monate Jugendstrafe. Statt Partys, Freunden, Mädchen: Misstrauen, Einsamkeit, Monotonie, dazu die Anstrengung, sich unter den Mitgefangenen zu behaupten und nicht in die gewalttätigen Auseinandersetzungen zu geraten, die hier an der Tagesordnung sind. Mühsam arrangiert er sich mit den Umständen, liest, denkt nach, lebt vor sich hin. Bis etwas passiert, was eigentlich gar nicht passieren kann: Tim verliebt sich. In Martha, die von »draußen« kommt und dank Integrationsprogramm einmal wöchentlich im Knast auftaucht. Ein Hunger nach Leben erwacht in Tim, er denkt nur noch an Martha. Der Gefängnispfarrer sagt ihm, was er nicht hören will: Eine Liebesbeziehung zu halten, wenn man im Knast sitzt, ist schwer genug, eine anzufangen praktisch unmöglich. Doch als Tim Hafturlaub hat, funkt es wirklich. Keine Zukunft, nur Gegenwart haben die beiden – und die versuchen sie bis ins Unendliche auszudehnen.

Christian Linker, geboren 1975, studierte Theologie und arbeitete als Bildungsreferent mit Jugendlichen aller Schulformen in Seminaren zu verschiedenen Lebensfragen. Heute leitet er eine Dachorganisation von Jugendverbänden in Köln und lebt in einer WG in Leverkusen. Christian Linker hat bisher zwei Kinderbücher veröffentlicht; ›RaumZeit‹ ist sein erster Roman. Kommentare zum Buch erreichen den Autor unter linker_raumzeit@yahoo.de

Christian Linker

RaumZeit

Roman

Deutscher Taschenbuch Verlag

Die in der vorliegenden Geschichte geschilderte
Justizvollzugsanstalt und alle handelnden Personen
sind völlig frei erfunden. Eventuelle Ähnlichkeiten mit
tatsächlichen Personen sind rein zufälliger Natur.

Originalausgabe
September 2002
Deutscher Taschenbuch Verlag GmbH & Co. KG,
München
www.dtv.de
© 2002 Deutscher Taschenbuch Verlag GmbH & Co. KG,
München
Umschlagkonzept: Balk & Brumshagen
Umschlaggestaltung: Simone Leitenberger, Hamburg,
unter Verwendung einer Fotografie von © Jürgen Sandersfeld, Hamburg
Satz: Fotosatz Reinhard Amann, Aichstetten
Gesetzt aus der Legacy Sans 11,25/13˙ (QuarkXPress)
Druck und Bindung: Druckerei C. H. Beck, Nördlingen
Gedruckt auf säurefreiem, chlorfrei gebleichtem Papier
Printed in Germany · ISBN 3-423-20565-2

Für alle, die gefangen sind.
Beiderseits irgendwelcher Gitter und Mauern.

Bunker

Ich schätze den Bunker auf zehn Quadratmeter. Versiegelter Boden. Beton unter mir, über mir, um mich herum. Eine dünne Matratze auf dem Boden, eine Wolldecke. In der Ecke ein Loch im Boden zum Scheißen. In der Mitte der Decke eine Kamera. Drum herum Flecken von Essen, das wohl irgendwer an die Decke und gegen die Linse geworfen hat, um den Grünen das Bild zu verkleistern. Die Mauer ist dick. Zwischen mir und den Gittern, die enger sind als in meiner alten Zelle, Plexiglas. Mattes Licht filtert sich zu mir durch. Beleuchtet organische Verbindungen auf Kohlenstoffbasis, angezogen mit Shorts, T-Shirt und Socken; mehr Kleidung haben sie mir nicht gelassen.

Meine Seele ist einfach draußen geblieben. Im Gegensatz zu mir, ich bin einfach wieder reingegangen. Für SIE? Für mich? Für meine »Zukunft«? Für irgendwas auf dieser Scheißwelt?

Mein Kopf ist voll von Bildern. Bildern von Bäumen, Wiesen, Wellen, Weite, Horizont. Bildern, wie SIE nackt, schwitzend, duftend sich an mich drängt. Mein Kopf ist voll von Klängen, von Musik, Meeresrauschen, voll von den Worten, die SIE gesagt hat.

»... dann gehst du zurück.«

Im Boden sind jeweils rechts und links von der Matratze drei kleine Löcher mit Gewinden. Darin werden anscheinend die Bänder befestigt, mit denen sie einen fixieren, wenn man so richtig ausflippt. So gesehen hab ich noch Glück gehabt.

Ich werde eine Weile in diesem Loch verbringen, ich sollte mich wohl häuslich einrichten. Da ich nichts mitbringen konnte – keine Bücher, keinen Tabak, kein Radio, nichts zum Schreiben –, nichts außer mir und meiner armseligen Unterwäsche, werde ich den Bunker mit meinen Gedanken voll stopfen. Lauter Gedanken, die die Grünen nicht sehen können, nicht durch das Guckloch in der Stahltür und nicht auf dem Monitor, der mich ihnen vierundzwanzig Stunden am Tag zeigt.

Ich werde dir etwas von mir erzählen. Nicht zu viel. Gerade so, dass du merkst, worauf es mir ankommt. Vielleicht sollte ich mich kurz vorstellen. Tim Landberg, sechzehn Jahre alt, zweiundzwanzig Monate Jugendstrafe, alles andere ist unwichtig.
Ich werde dir was erzählen, wenn du wirklich willst. Aber ich will fair sein. Ich will dich warnen. Vertrau mir nicht! Vertrau niemals einem Erzähler. Vertrau überhaupt keinem!

Ich zum Beispiel habe vielen Geschichtenerzählern vertraut, Mark Twain, Robert Louis Stevenson, die die Helden meiner Kindheit schufen. Okay, ich hab von Anfang an nicht diesen komischen Jugendbüchern vertraut, du weißt schon: Junge trifft Mädchen, Mädchen trifft Junge, Stress mit Schule, Stress mit Eltern, Stress mit Liebe, Riesendurcheinander, unverhoffte Wendung, Happy End, Sonnenuntergang und aus. Aber Mark Twain, wie gesagt. Oder Michael Ende zum Beispiel. Die alle haben mich elend beschissen.
Also vertrau mir nicht, denn ich vertrau dir auch nicht.

Zugang

Der Schatten der Mauer fiel auf den kleinen Bus. Durch einen Spalt konnte ich das gewaltige Schleusentor sehen. Lautlos schwang es zur Seite, still und ganz sacht, aber man merkte, dass es hungrig war. Wie bei Jona, fand ich, bei der Geschichte mit diesem komischen Wal. Wir fuhren in die Schleuse und es wurde dunkel. Türenknallen, Gequatsche, Papierkram. Dann öffnete sich das zweite Schleusentor. Aber das Licht, das nun in die Schleuse fiel, war nicht mehr dasselbe.

Der Bus rollte auf den Innenhof. Ich wurde abgeladen und zugestellt wie eine Postsendung. Die Fassade, die vor mir aufragte, erinnerte mich an eine alte Fabrik: gebrannte Ziegel, von den Jahren gedunkelt. Ein Gründerzeitknast, das hatte man mir schon in der U-Haft erzählt. Sitzen wie zu Kaisers Zeiten. Es war alles wie im Film.

Sie führten mich in die »Kammer«. Wie durch die Perspektive einer Filmkamera nahm ich Fetzen der Wirklichkeit wahr, ein Film mit ziemlich schnellen Schnitten. Endlose Regale mit Kleidersäcken, Aktenschränke, Schreibtische, geschäftige Grüne, eine brusthohe Mauer. Ein paar Typen in Latzhosen oder Trainingsanzügen lungerten in der Ecke rum. Meine neuen Kollegen, wohl bei der Zigarettenpause, nahmen mit prüfenden Blicken den Zugang in Augenschein. Hey, Frischfleisch.

Man dirigierte mich hinter die Mauer. Jetzt musste ich mich ausziehen. Meine Sachen wurden durchsucht und verschwanden in einem der Kleidersäcke.

»Wenn Sie das erste Mal Ausgang kriegen, dürfen Sie die Sachen wieder anziehen«, ließ mich der Grüne wissen, seinen Blick auf meinen Schwanz geheftet. Nie in meinem Leben war ich nackter.

Dann bekam ich meinen Zugangssack, darin Bettwäsche, Geschirr, vier Unterhosen, vier Paar Socken, zwei T-Shirts, eine Latzhose. Wie erlaubt hatte ich selbst zwei Trainingsanzüge und zwei Paar Turnschuhe mitgebracht. Die durfte ich behalten.

Sie machten ein Erinnerungsfoto mit Seriennummer für die Akte. Es gab noch einen Haufen Fragen und Papierkram, bis die Grünen mich auf meine acht Quadratmeter Deutschland brachten. Wir wanderten durch endlose Gänge.

Backstein außen, grauer Putz innen, immer wieder Stahltore in steinernen Rundbögen. Alle fünf Schritte musste der Grüne mit dem »Knochen«, einem großen Schlüssel, irgend so ein Tor auf- und hinter uns wieder abschließen. Dann erreichten wir das Hafthaus. Helles Licht fiel durch ein Glasdach von hoch oben auf uns herab. Auf vier Stockwerken über uns zogen sich hier Galerien mit eisernen Geländern entlang, von denen jeweils die Zellentüren abgingen.

Ja. Tatsächlich wie im Film.

Auf der Treppe nach oben stolperte ich einmal. Die hölzernen Stufen waren ausgetreten. Wer weiß, wie viele Generationen schon hier hinauf- und heruntergestiegen sind. Blödsinn, interessiert doch kein Schwein, so 'ne Frage.

Was interessiert denn schon? Mein neues Zuhause vielleicht. Acht Quadratmeter, wie gesagt, ein Bett, ein Klo ohne Brille, ein Waschbecken, ein Tisch und ein Kleiderschrank, ein Schalter an der Wand.

»Wenn was ist, drücken Sie hier, dann kommt jemand. Noch Fragen?«

Nein. Keine Fragen mehr.

Mit einem lauten Knall fiel die Türe in die Angeln, scheppernd wurden die eisernen Riegel umgelegt, das Schloss rastete ein. Ich war drin.

Wie ein Touri, der sein Hotelzimmer begutachtet, trat ich zuerst ans Fenster. Ich reckte mich ein wenig hoch, öffnete es und umklammerte die Gitterstäbe. Wie im Film. Die Gitter, meine neuen Gefährten, begrüßten mich angenehm kühl und sachlich. Dieser Stahl hatte etwas Faires an sich. Zwischen ihm und mir war alles klar. Keine Fragen offen. Er versprach mir nichts und würde mich also auch niemals verarschen. Gut so.

Meine Aussicht ging auf einen Hinterhof. Zu meiner Rechten ein weiterer Zellentrakt. Die meisten Fenster waren verhängt mit Tüchern oder auch mit irgendwelchen Flaggen, denn Vorhänge gab es keine. Zur Linken und gegenüber erkannte ich Fabrikhallen. Leute sah ich nicht. Wahrscheinlich waren alle Knackis drinnen bei der Arbeit. Es musste so gegen zehn sein. Eine Uhr hatte ich nicht bei mir. Uhren sind was für Leute, die keine Zeit haben. Und ich würde jetzt einen Haufen Zeit besitzen. Ich war sozusagen Zeitmillionär. Was ist Zeit?

Ich ließ die Gitter los, fiel krachend aufs Bett und verschränkte die Hände hinter dem Kopf. Genau so, wie sich Knackis in Filmen aufs Bett werfen, die Hände hinter dem Kopf verschränken und an der Linse der Filmkamera vorbei ins Leere stieren. Ich hab mal ein Buch gelesen, da starrt ein Typ sein Leben lang auf eine Mauer und wartet darauf, dass da eine Schrift erscheint. Und ganz am Ende wird er erschossen und da erscheint in diesem Moment die Schrift, aber der elende Autor verschweigt natürlich, was da steht. Ich musste jetzt daran denken, als ich mir die Decke anschaute. Ich stellte mir vor, der Beton könnte alle Gedanken der Gefangenen speichern, die vor mir hier gelegen und diese Decke angeglotzt hatten. Ein Videoclip aus tausend Bildern von Erinnerungen, Träumen, Ängsten und ein ganzer Porno aus Wichsfantasien. Langsam dämmerte mir, dass ich monatelang keinen Sex haben würde außer mit mir selbst. Okay, nicht dass ich mit Sex die riesen Erfahrung hatte, aber ich wollte gerade anfangen sie zu sammeln, als es passierte und sie mich kriegten. Wenn ich rauskäme, wäre ich fast zwei Jahre im Rückstand. Und sicher total gehemmt vor lauter Angst, ich könnte gleich über die erste Frau, die mich anlächelt, wie ein ausgehungerter Wolf herfallen. Leichte Panik kroch von meinen Lenden aufwärts in die Magengrube, pflanzte sich durchs Rückenmark fort und befiel meinen Hinterkopf. Ich merkte, wie mir heiß wurde, meine Hände zitterten, mein Mund austrocknete, meine Augenlider zu zucken anfingen.

»SCHEISSE, NEIN!«, schrie ich, fuhr vom Bett hoch und schlug in Richtung der Decke, wo alle Bilder aus dem Videoclip wie dünnes Glas zersplitterten. Die Splitter regneten auf mich herab und ich stand da.

Sie hatten mir meine halbe Packung Kippen gelassen, von denen rauchte ich hintereinander sieben Stück. Danach holte ich mir einen runter und rauchte noch zwei. Zum ersten Mal seit langem hatte ich beim Onanieren wieder an Natalie gedacht. Man denkt immer an das, was man nicht hat.

Nie kann ich klarer denken als direkt nach dem Orgasmus. Und während ich rauchte, sah ich ein, dass Sex verdammt noch mal nicht alles ist. Ich war eingesperrt. Nicht für ein paar Stunden bis zur Vorführung beim Haftrichter, nicht für ein paar Wochen bis zur Gerichtsverhandlung, sondern für den Rest meiner Jugend. Scheiße, ich würde hier drin siebzehn werden und vielleicht auch noch achtzehn! Wenn ich rauskäme, hätte ich dicke Eier und keinen Job.

Ich bin ein Denker, ich bin intelligent, ich bin begabt! Ich habe nie in meinem Leben wirklich gelernt – also Lernen im Sinn von Pauken. In der Grundschule war ich ein Überflieger, noch dazu eins von den Kindern aus einem so genannten (haha!) benachteiligten Stadtteil. Meine Lehrerin liebte mich dafür. Aber auf dem Gymnasium kannte kaum jemand meinen Stadtteil und niemand hielt mich für sensationell. Höchstens für seltsam. Das ging meiner Mutter nicht anders, deshalb hielt sie sich von Elternabenden und Sprechtagen fern, bis man sie einbestellte. »Frau Landberg, Ihr Sohn ist hoch intelligent und könnte seinen Mitschülern besonders in den geisteswissenschaftlichen Fächern und in den Sprachen weit voraus sein. Aber leider grenzt seine Arbeitshaltung manchmal an Totalverweigerung. Um deutlich zu werden: Er ist stinkfaul und völlig uneinsichtig. Und noch was, Frau Landberg. Es geht mich eigentlich nichts an, aber haben Sie mal ein Auge auf die so genannten Freunde, mit denen Tim sich umgibt.«

Okay, ich bin nach der Achten vom Gymnasium auf die Hauptschule gekommen, und da hab ich mich auch selten blicken lassen. Aber was kann ich dafür, wenn die Schule so bescheuert ist! Lehrer waren selbst mittelmäßige Schüler, sonst wären sie nicht Lehrer, sondern was Interessantes geworden. Was für Lehrer zählt, ist reiner Fleiß und nicht Talent. Schon gar nicht das Denken.

Denken ist das Einzige, was mir hier bleibt. Ein schöner Platz zum Denken. Man wird nicht abgelenkt.

Kollegen

Dieser Film, in dem ich da war, der schien Überlänge zu haben. Am nächsten Morgen lief er immer noch. Überflüssig zu erwähnen, dass meine erste Nacht hier drin die absolute Vollhölle gewesen war.

In den nächsten Tagen geschah nichts. Schlechthin nichts. Ich aß und verdaute und wachte und schlief. Zwischendurch dachte ich nach. Ich hab mal von einem Typen gelesen, der hat gesagt: Ich weiß, dass ich nichts weiß. Meiner Meinung nach ein gutes Motto. Je länger ich hier drin war, desto weniger wusste ich überhaupt – na ja, besser gesagt: desto unklarer war mir, was über-

haupt wirklich ist. Nicht, dass ich irgendwelche Halluzi-
nationen gehabt hätte. Aber ich stellte mir so drollige
Fragen wie: Gibt es einen Sinn des Lebens? Wenn ja,
kann man ihn finden? Wenn ja, wo? Und wenn es keinen Sinn gibt, ist die Welt dann absurd? Bin ich absurd?
Bin ich überhaupt? Oder bilde ich mir bloß ein, dass es
mich gibt, und in Wahrheit gibt es mich gar nicht? Und:
Merkt man eigentlich, wenn man anfängt wahnsinnig zu
werden?

Es wurde höchste Zeit, dass ich unter Leute kam. Und
schließlich war es so weit. Die Grünen verlegten mich
aus dem Zugangstrakt in ein anderes Hafthaus der Anstalt. Hier sah es endlich nach Jugendknast aus. Wenn
man sich die Zellentüren wegdachte, hätte man den Laden auch für eine Jugendherberge halten können. (Die
Unterschiede waren mir schon auf Klassenfahrten immer nur graduell vorgekommen.) Das Gebäude war mo-
derner, der Beton der Flurwände bemalt, es stand sogar
eine Yuccapalme irgendwo rum. Doch entscheidend ver-
bessert hatte ich mich nicht; nach wie vor acht Quadratmeter, ein Klo ohne Brille und so weiter und so weiter.
Ich war kaum drin, als schon wieder aufgeschlossen
wurde. »Freistunde«, ließ mich der Grüne wissen, ich
könne auf den Hof, wenn ich wolle. Und übrigens, er
sei hier der Abteilungsbeamte. Matschulla mit Namen,
Franz-Gerd Matschulla, mit Betonung auf der ersten
Silbe, nicht auf der zweiten, wie die meisten denken. Ich
musterte ihn. Man nannte sie »die Grünen« wegen der
komischen grünen Uniformhemden mit Landeswappen
auf dem Ärmel. Matschullas Hemd spannte etwas über
dem Bauch und mit dem walrossähnlichen Schnäuzer

und dem lichten Haar hatte er etwas Gemütliches an sich. Ob ich denn jetzt rauskommen wolle. Natürlich wollte ich. Ich merkte zwar, dass viele Kollegen in ihren Zellen blieben – man hatte mir schon in der U-Haft erzählt, dass der Gefängnishof nicht gerade der sicherste und friedlichste Ort auf Erden war. Aber meine Sehnsucht nach einem Stück Himmel ohne Gitter über mir und nach ein paar Menschen um mich herum war größer, auch wenn sie mir beim ersten Kontakt vielleicht direkt ein Messer zwischen die Rippen jagen würden. Man kennt ja diese Knastfilme.

Eine Hand voll Leute sammelte sich auf dem Flur, einige waren jünger als ich, einige schienen älter zu sein, die meisten waren in meinem Alter. Matschulla trieb unsere kleine Herde zur Treppe, als eine kräftige Pranke auf meiner linken Schulter aufschlug.

Schon?, dachte ich bloß und hoffte, es würde schnell gehen. Dann rief mir eine dröhnende Stimme, an die ich eine entfernte, ungenaue Erinnerung hatte, laut ins Ohr: »Landberg! Scheiße, Alter, du bist es!«

Ich wurde herumgewirbelt und sah in das Gesicht eines Glatzkopfes, bis meine Erinnerung nach einigen verwirrten Millisekunden die Verknüpfung zu einem Namen herstellte.

»Bodo Ingel«, entfuhr es mir ungläubig. Gleichzeitig kam es mir vor, als würde mein inneres Auge mir ein Optionenmenü vorhalten: Wählen Sie eine der folgenden Emotionen! Meine Abscheu vor dem Kerl hielt sich die Waage mit meiner Freude, ein bekanntes Gesicht zu sehen. Am liebsten wäre ich ihm um den Hals gefallen, um ihm dabei über die Schulter zu kotzen. Alles in allem stand ich wohl ziemlich belämmert da und starrte ihn an.

»Da guckste, was?«, grunzte Bodo Ingel. Ein weiterer Prankenhieb krachte auf meine Schulter. Der Glatzkopf grinste von einem abstehenden Ohr zum anderen. Ich hatte ihn mit Springerstiefeln und Bomberjacke in Erinnerung. Er trug jetzt einen Blaumann, dessen Hosenträger einen muskelbepackten Brustkorb einschnürten.

»Kraftraum«, erklärte er, meinem Blick folgend. »Bin schon 'ne Weile drin.«

Wir stiegen eine Treppe hinunter.

»Ich sag dir was, Landberg, mein Kleiner. Früher oder später sieht man hier alle wieder. Bei dir war mir schon immer klar: Der rückt mal ein, der Kleine. Seit wann haben wir uns nicht mehr gesehen?«

Seit mir klar geworden ist, was du für ein Arsch bist, fuhr es mir durch den Kopf. Stattdessen witzelte ich blöde: »Das muss wohl letztes Jahrtausend gewesen sein.«

Das war ein Fehler, denn Bodo schüttelte sich vor Lachen und der nächste Prankenhieb detonierte auf meiner schmerzenden Schulter. Allmählich musste mein Schlüsselbein freiliegen. Dann löcherte er mich mit Fragen: Seit wann ich da sei (paar Tage), ob ich das erste Mal drin sei (allerdings), ob ich von Jupp und Tappi noch mal was gehört hätte (nö, hätt ich nicht) oder was denn aus dem Hartzke geworden sei (nie gehört), was denn die Gang jetzt mache (in einer Gang sei ich nie gewesen, er müsse da was verwechseln), ob ich wohl mal 'ne Kippe hätte.

»Klar, für 'n alten Kollegen.« Wer weiß, wofür's gut ist,

dachte ich und gab ihm meine letzte. Wir traten auf den Hof. Er war viel größer als der Hinterhof, den ich von meiner Zugangszelle aus hatte sehen können. Es gab sogar einen Fußballplatz und eine kleine Rasenfläche mit einem Baum drauf. Auf dem Bolzplatz kickten sich einige Typen gegenseitig den Ball zu, während andere Basketball spielten. Die meisten schlenderten herum oder hockten in kleineren Grüppchen beisammen. Die Grünen standen abseits und erzählten sich was.

Erst jetzt schnallte Bodo Ingel, dass ich ihm meine allerletzte Kippe geopfert hatte, und sein Blick bekam was Verklärtes.

»Der Ehrenmann gibt gern«, sagte er auf und ließ mich wissen: »Als Ehrenmann bringst du's weit hier drin. Ich meine: Abkacken ist richtig scheiße, du musst auf ein paar Dinge achten, wenn du durchkommen willst. Keinen verzinken, das ist die oberste Regel von den Oberregeln. Du musst noch verdammt viel lernen. Hast du mal Feuer?«

Ich gab ihm Feuer. Er zog zwei-, dreimal lang und tief, dann reichte er mir die Kippe.

»Am besten ist, ich nehm dich erst mal zu mir«, erklärte er und blies genüsslich eine dicke Rauchwolke aus seinen Lungen. »Weißt du schon, mit wem du Umschluss machst?«

»Was zur Hölle ist Umschluss?« Ich zog an der Zigarette und reichte sie ihm.

»Du musst noch viel lernen.« War mir nicht verborgen geblieben. »Immer nachmittags ist Umschluss. Da kannst du fürn paar Stunden mit zwei andern auf Zelle gehen. Danach ist manchmal Aufschluss, da können wir uns auf dem ganzen Gang bewegen, dann ist Einschluss. Also: Wenn Umschluss ist, dann komm zu mir. Für heute hab ich schon zwei Kollegen zugesagt. Aber ab morgen bist du Gast auf meiner Hütte. Und wegen den Kippen: Du bist ein echter Kollege. Heute Abend krieg ich Tabak und auch Blättchen, ich pendel dir was rüber. Du musst ja dein Auskommen haben, bis du das erste Mal auf Einkauf gehst.«

Ich nickte stumm, kapierte knapp die Hälfte von dem, was er da redete. Aber mir war aufgefallen, dass die anderen einen großen Bogen um uns machten. Da es an mir schlecht liegen konnte, entschied ich, mich zuerst mal innerhalb von Bodo Ingels Kraftfeld aufzuhalten, denn das schien einigermaßen sicher zu sein.

Mein neuer Beschützer folgte meinem weiten Blick über den Hof und mit theatralischem Gestus streckte er den Arm zu einer über das Panorama schwenkenden Bewegung aus. Dabei referierte er: »Kanaken, Russen, Polen, alles da. Verstehst du was von Erdkunde? Die Kanaken sind sich selbst nicht grün. Die Türken klatschen die Araber, die Araber klatschen sich untereinander, zum Beispiel die Libanesen die Marokkaner und so weiter. Die Russen halten zusammen wie sonst keiner. Da würde einer für den andern sterben. Aber wehe, einer hält sich nicht an den Kodex. Der ist so gut wie tot. Die Polen sind einfach nur arme Schweine. Na ja, und wir richtigen Deutschen hängen halt irgendwo zwischendrin. Die meisten sind Einzelgänger. Aber ich hab ein paar Kameraden hier drin. Du wirst sie kennen lernen.« Er hielt mir die Zigarette hin, aber sie war schon fast abgebrannt und ich winkte ab. Bodo zog noch zwei

Mal, bis der Filter anbrannte, dann warf er sie weg und schielte mich an wie ein Vater, der mit seinem Sohn zum ersten Mal zum Angeln geht. Ich wollte Zuversicht ausstrahlen und dabei unterlief mir ein kleines, dankbares Lächeln. Den Fehler bezahlte ich sofort mit einem weiteren Einschlag in die Kraterwüste meiner ehemaligen Schulter. Anscheinend hatten wir so was wie Freundschaft geschlossen.

Besiegelt wurde das am Abend. Ich hockte auf Zelle und lehnte bei offenem Fenster an den Gitterstäben, als ich plötzlich Bodos Stimme hörte.

»Hey, Landberg, bist du da?« Er war drei oder vier Fenster von mir entfernt.

Ich meldete mich, dann sah ich, wie von irgendwo ein Beutel aus dem Fenster flog, der an einem langen Seil befestigt war. Dann begann das Seil zu schwingen und der Beutel pendelte hin und her, erst ganz sacht, dann stärker und stärker. Das Seil wurde dabei immer länger, bis der Halbkreis, den er beschrieb, bis zu meinem Fenster reichte. Zweimal flog er an mir vorbei, bevor ich ihn packen konnte. Es war ein kleiner Jutesack. Darin fand ich ein Päckchen Tabak und Blättchen. Ich nahm sie heraus und warf den Beutel wieder aus dem Fenster. Er fiel zur Seite hinab und wurde dann hochgezogen.

»Danke!«, rief ich in die Dämmerung und Bodo Ingel antwortete: »Fürn alten Kameraden immer.«

Dann drehte ich mir eine, glotzte aus dem Fenster und stellte mir vor, was um diese Zeit wohl gerade im Fernsehen lief.

Umschluss

Wir saßen auf Zelle. Bodo Ingel, ich und ein kleiner drahtiger Typ mit kurzen fettigen Haaren und einem ziemlich gewollten Schnurrbärtchen, mit dem er aussah wie ein Mafioso in einer Krimiparodie. Sein Name war Jablonski und er schien höchstens fünfzehn zu sein. Jablonski drehte Kippen für uns drei, während Bodo mir seine Schätze zeigte. Seine Zelle war mit Postern tapeziert, die im Wesentlichen pralle Brüste zeigten. Er besaß einen fetten Ghettoblaster, einen kleinen Fernseher, einen ansehnlichen Vorrat an Nudeln, Keksen und Zitronentee und mehrere Ausgaben diverser Softpornoheftchen, die allesamt ziemlich abgegriffen waren. Sein ganzer Stolz war sein »Brenner«: eine aus einer Coladose hergestellte Kochstelle, die er mit Margarine und einem Docht aus Fetzen seines Bettlakens betrieb.

»Die Dinger sind offiziell verboten«, erklärte er mir. »Schert sich aber keiner drum. Darauf koch ich mir ab und zu mal 'n paar Nudeln oder so.«

»Ganz schön erfinderisch«, lobte ich und Bodo fühlte sich tatsächlich geschmeichelt.

»Das ist noch gar nichts. Einer von den Russen brennt sogar Schnaps in seiner Zelle. Aus Kartoffeln. Hat 'ne richtige Destillieranlage.«

»Einträglicher Nebenerwerb«, nickte Jablonski und reichte uns die Zigaretten. »Für ein Glas nimmt er zwei Pack Tabak.«

»Angebot und Nachfrage«, murmelte ich und zündete meine Zigarette an.

Jablonski gab Bodo Feuer und sagte dabei: »Der Müller hat übrigens Popshop seit heute. Und einen Gelben gekriegt.«

Auf meinen fragenden Blick hin erklärte Bodo: »Wenn du was anstellst hier, wenn du zum Beispiel mit einem Palaver kriegst oder einen abziehst oder so, dann gibt's Popshop, das ist 'ne Freizeitsperre. Kein Umschluss, kein Aufschluss, Fernseher aus der Zelle und so weiter. Und einen Gelben kriegst du, einen Zettel in deine Akte.«

Er schnippte Asche von seiner Zigarette aus dem Fenster und meinte grinsend: »Wenn du nach drei Monaten deine Lockerung haben willst, rat ich dir, pass auf, dass du keinen Gelben kriegst. Ich hab jede Menge, bestimmt lassen die mich sogar bis zur Endstrafe abkacken hier.«

»Wahrscheinlich eh das Beste für dich«, meinte Jablonski. »Wenn du auf Bewährung gehen würdest, wärst du nach einer Stunde wieder drin.«

Bodo machte eine wegwerfende Handbewegung und brummte: »Erzähl mir lieber, wie die Sache rausgekommen ist. Das mit Müller, mein ich.«

»Verzinkt!« Jablonski verzog angewidert das Gesicht. »Dieser Kanake muss das gewesen sein, Metin Erkan. Sonst kommt keiner in Frage.«

Das Leben eines Zinkers ist im Knast keinen Cent wert, das wusste ich schon. Wer andere verpfeift, egal, wegen was, ist unten durch. Selbst wenn dieser Metin gute Gründe gehabt hätte – na ja, es ging mich einen Scheißdreck an.

Bodo lehnte sich auf seinem Bett zurück, sah Jablonski von der Seite an, und was er dann sagte, hörte sich an wie ein Befehl: »Du, Jablonski, du und der dicke Jesko macht den Kanaken mal in der Dusche klar.«

Jablonski nickte und drückte seine Kippe aus. Dann fixierte er mich.

»Warum bist du hier? Du siehst nicht so aus, als ob du hier reingehörst. Glaub mir, ich hab 'n Blick für so was.«

Ich bemühte mich um ein sachlich-kühles Lächeln. »Justizirrtum.«

»Von denen haben wir hier viele«, witzelte Bodo. Mit dem Daumen deutete er auf seine Brust und referierte: »Gefährliche Körperverletzung, Volksverhetzung, räuberische Erpressung, vorsätzliches Fahren ohne Fahrerlaubnis. Zwanzig Monate hab ich jetzt abgerissen. Das ist nicht mal die Hälfte.« In seinem Grinsen lag eine Spur Selbstgefälligkeit. »Tja, ich bin halt nicht so 'n läpscher BtMG'ler.« Beim letzten Satz schielte er auf Jablonski.

»BtMG« ist das Gesetz über Betäubungsmittel, wie die Beamtensprache das nennt – also über Drogen und was man mit ihnen alles nicht machen darf. Ich hatte diese Abkürzung mal bei einem Besuch im Büro meines Hauptschulrektors kennen gelernt, nachdem ich auf dem Schulklo beim Kiffen erwischt worden war. Mit Bodos Bemerkung wurde mir endgültig klar, wer hier der Boss war. Mit seinen Delikten rangierte Bodo klar in der Knacki-Champions-League.

Jablonski, der läpsche BtMG'ler, lächelte mich hintergründig an. »Wenn du was brauchst, bin für dich da.«

»Im Moment könnt ich 'n Kaffee gebrauchen«, meinte ich.

»Na lass mal«, meinte Bodo zu ihm. »Der Kleine hat noch gar kein Taschengeld gekriegt. Wenn der erst mal auf Einkauf war, vielleicht kommt ihr dann ins Geschäft.« Er beugte sich vor zu mir. »Bis dahin bist du mein Gast. Was, Landberg?«

Krachend fuhr seine Pranke auf meine Schulter nieder.

Ich war adoptiert.

Bodo Ingel, Jablonski und ich machten die nächsten Tage gemeinsam Umschluss und hingen in der Freistunde zusammen rum.

Fast dachte ich, ich könnte mich an diesen ganzen Mist gewöhnen: jeden Tag derselbe Ablauf, dieselben Leute. Ich lebte eine Weile so vor mich hin. Bis zu diesem einen Nachmittag. Ich saß gerade mal wieder auf Zelle und schrieb den siebten oder achten Brief an Natalie, voller Vorwürfe und Fragen, warum sie mir nicht schrieb, sich nicht meldete und so weiter. Ich warf den Brief weg und begann einen neuen, der ein Mix aus heißen Liebesschwüren und nacktem Selbstzweifel wurde. Als ich draußen Matschulla hörte, warf ich den Kuli weg und lauschte. »Herr Erkan, Sie sind mit Duschen dran.«

Das leise Klopfen in den Adern und dieses komische Pochen vom Puls im Kopf kannte ich gar nicht von mir. Als ein verzweifelter Schmerzensschrei aus der Dusche durch den Flur gellte und abrupt abbrach, überlief es mich eiskalt. Anscheinend hatten Jablonski und der dicke Jesko diesen Metin Erkan in der Dusche »klar gemacht«.

Im selben Moment kam der Nachspann. Mein Knastfilm war zu Ende. An seine Stelle trat endgültig die Wirklichkeit.

Bunker

Unschöne Geschichte, das mit Metin Erkan damals. Sie brachen ihm die Nase, drei Rippen und jegliche Lust, sich jemals wieder mit irgendeinem Problem an die Grünen zu wenden. Ich weiß, es klingt bescheuert, aber der Knast ist der Ort, an dem ich zum ersten Mal gelernt habe, mich an so was wie Regeln zu halten. Immerhin bin ich eine ganze Weile gut damit gefahren. Na ja, bis jetzt.

Jetzt bin ich in diesem Loch geparkt und vegetiere vor mich hin. Manchmal laufe ich auf und ab, dann werfe ich mich auf die Matratze und stiere zur Decke.

Ich fixiere die Kamera. Sie fixiert mich. Und wieder von vorne. Vorhin haben mir zwei das Essen gebracht. Undefinierbares auf Plastikgeschirr. Mit Porzellan könnte man sich ja die Pulsader aufschneiden. Suizidgefahr! Welche Ironie. Dann sollten sie lieber nicht so einen Fraß bringen. Die Suizidkiste ist eh längst passé, das war die Sache mit Natalie. Es kommt mir vor, als wäre das in einem anderen Leben gewesen. Und irgendwie stimmt das sogar. Wenn ich heute an Natalie denke, fühle ich rein gar nichts mehr. Weder Wut noch Verachtung, nicht mal Mitleid oder etwas in der Art. In meinem Kopf gibt es nur noch SIE. Keine Ahnung, ob das besser ist. Manchmal fühle ich mich, als würde jeden Moment mein Herz explodieren oder einfach aus meinem Körper hervorbrechen wie ein Alien. Idiotische Vergleiche, ich weiß. Aber so fühlt es sich an.

Damals dachte ich natürlich noch anders über Natalie. Zu dieser Zeit lernte ich die Sozi kennen.

Sozi

Eines Morgens klopfte es plötzlich an meiner Zellentüre. Klingt banal, ist es aber nicht, denn eigentlich klopft nie einer an, egal, ob du gerade schläfst oder auf dem Klo sitzt oder sonst was tust, die Grünen schließen einfach auf und poltern rein. An diesem Morgen aber klopfte es sensationellerweise, und weil ich so was überhaupt nicht mehr gewohnt war, dauerte es eine Weile, bis ich merkte, dass ich erst antworten musste, bevor es hier irgendwie weitergehen würde.

»Herein!«, rief ich laut. Das Wort hallte in meinen Ohren nach und klang, als würde ich mich selbst verhöhnen.

Der Schlüssel drehte sich in der Türe. Ich sah eine Frau um die vierzig, schwarze Locken mit ersten grauen Strähnen, alte Jeans, weites Flatterhemd, Sandalen. Ich liebe Klischees und wurde bestätigt, als sie sich vorstellte: »Mein Name ist Ulrike Greiner-Sand, ich bin Sozialarbeiterin. Haben Sie Lust, sich mit mir zu unterhalten?«

Klar hatte ich. Ich war schließlich Experte für Sozialarbeiter. Ich hatte bislang schon mit einem halben Dutzend von ihnen zu tun gehabt und dabei ein nahezu botanisches Interesse an ihnen entwickelt. Ich studierte sie sozusagen und machte ab und zu Tests mit ihnen. Dies hier war ein besonders typisches Exemplar, wie mir schien. Sie sei meine persönliche Betreuerin, erzählte sie mir, während wir durch die Gänge liefen. Wie gewohnt brauchten wir für ein paar Meter eine halbe Ewigkeit, weil wir immer wieder verschlossene Gittertüren passieren mussten.

Ihr Büro machte einen sympathischen Eindruck. Es herrschte ein wohnliches Chaos aus verstreuten Akten, Büchern, Zeitschriften, Kaffeetassen, Aschenbechern und Grünlilien. Auf der Fensterbank wucherte die Muttergrünlilie und auf allen ebenen Flächen des Raumes waren alte Senfgläser verteilt, in denen die Ableger Wurzeln zogen. Die Sozi machte ein Sofa für mich frei, hockte sich selbst hinter ihren Schreibtisch und reichte Cola, Kekse und Kippen. Ich griff bei allem zu, während sie sagte: »Als Ihre Betreuerin bin ich Ihre erste Ansprechpartnerin für alle Arten von Problemen. Was ich für Sie tun kann, werde ich tun.«

»Können Sie mich hier rausbringen?«, fragte ich sarkastisch und nahm einen Schluck Cola. Schmeckte noch tausendmal besser als in meiner Erinnerung.

Anstatt zu antworten lächelte sie mich an.

Dies war die Phase des Abtastens. Sie musste mir in diesem Stadium des Kennenlernens klar machen, dass ich sie ernst zu nehmen hatte. Interessant war, dass sie mir jetzt keine Ansprache hielt über ihren Job und darüber, dass ich die Chance hätte, ihre Hilfe in Anspruch zu nehmen, dass ich dazu aber kooperieren müsse und so weiter.

Mich interessierte, wo ihre Grenzen lagen, deshalb setzte ich hinzu: »Ich bräuchte etwas Oralverkehr.«

Ihr Lächeln dauerte an, wurde weder kühler, noch distanzierter, noch zeigte sie sonst eine Regung. Sie lächelte mich einfach an und das auch noch ohne unnatürlich zu wirken. Ein schweres Kaliber.

Der Barkeeper des Saloons hatte die Fenster verschlossen, die Mütter hatten ihre Kinder von der staubigen Straße geholt, der Sheriff hielt sich mit den anderen braven Bürgern versteckt. Wir beide standen uns allein gegenüber unter der sengenden Texas-Sonne und unsere Hände ruhten lässig auf den Halftern unserer Revolver. Ich sah ihr in die Augen. Wann würde sie ziehen?

Kühn machte ich einen Schritt auf sie zu. »Kennen Sie meine Akte?«

»Sie scheinen stolz drauf zu sein.« Ulrike Greiner-Sand näherte sich ebenfalls.

»Makellose Bilanz«, fand ich und spielte mit den Fingern leicht am Revolvergriff.

Sie schien sich auf den Schuss vorzubereiten. »Sie sprechen von den sechs Kolleginnen und Kollegen von mir, die Sie in Ihrer zweifelhaften Karriere schon verschlissen haben?«

Ich zog und schoss: »Bald sind es sieben.«

Scheiße! Ich hatte sie verfehlt. Ihr Lächeln dauerte an. Ungerührt. Dann feuerte sie eine ganze Salve: »Bilden Sie sich nichts ein, junger Mann. Sie sind gar kein besonderer Fall, gerade Durchschnitt. So jemanden wie Sie hakt man einfach ab. Sie werden es eines Tages von alleine schaffen – oder auch nicht. Mich stört es nicht. Sie gehören ganz bestimmt zu den Menschen, die ich nach Feierabend als Erstes vergesse.«

Erstaunt rappelte ich mich auf und klopfte mir den Staub von der Jacke. Von einigen Streifschüssen abgesehen war ich unverletzt geblieben. Nicht der Rede wert.

Wir einigten uns auf unentschieden und ich zündete mir eine Kippe an.

»Wenn Sie möchten, können Sie bei mir telefonieren«, sagte sie und setzte endlich dieses Siegerlächeln ab. »Ich helfe Ihnen außerdem bei Anträgen und auch beim Schreiben von Briefen, wenn Sie wollen. Letztlich werde ich auch eine Beurteilung über Sie abgeben müssen. Das kann großen Einfluss darauf haben, ob Sie gelockert werden und Freigang bekommen. Und natürlich darauf, ob Sie nach Ihrer Zweidrittelstrafe Bewährung erhalten.«

Ich merkte, dass sie es ehrlich gut meinte. Zugleich war dieses Angebot aber auch eine Machtdemonstration.

»Meine Briefe schreibe ich lieber selbst«, ließ ich sie wissen. »Das mit dem Telefon hört sich gut an.«

»Okay«, nickte sie und schien zu denken: Das klingt schon viel besser, Kleiner. Aber sie sagte es nicht. Dafür gab ich ihr einen Punkt.

»Sie können nachher telefonieren, aber zuerst sollten wir noch klären, wie Sie hier Ihre Zeit verbringen wollen. Sie können sich bei einem unserer Ausbildungsbetriebe bewerben oder versuchen einen Schulabschluss zu machen.«

»Versuchen ist lustig«, grinste ich. »Wenn ich wollte, könnte ich Abitur machen.«

»Ich weiß«, nickte die Sozi. »Sie wollen aber nicht. Bleibt nur die Ausbildung. Was interessiert Sie? Maler und Lackierer? Kfz? Holzhandwerk?«

»Was passiert, wenn ich gar nichts mache?«

»Sie verzichten auf ihren Lohn, hundert Euro im Monat.«

»Für die Schule gibt es Lohn?« Ich musste lachen. »Muss man erst in den Bau gehen, damit sich geistige Arbeit auszahlt?«

Die Sozi kramte meine Akte vor und blätterte darin. »Sie haben die neunte Klasse besucht«, stellte sie fest. »Wenn Sie ein bisschen von Ihrer Arroganz ablegen und Tugenden wie Fleiß und Disziplin für sich entdecken, können Sie bei uns die Fachoberschulreife erwerben.« Sie sah mich amüsiert an. »Das ebnet Ihnen den direkten Weg zur C4-Professur.«

»Vielleicht würde es mir schon reichen, ein bisschen Abwechslung zu haben«, entgegnete ich. Diese Tante war echt eine harte Nuss. »Kann ich jetzt telefonieren?«

Sie reichte mir ihr Telefon und vertiefte sich in einen Aktenberg. Ich zögerte. Die Sozi hob den Kopf und meinte: »Wenn Sie warten, bis ich rausgehe, können Sie's gleich bleiben lassen. Wählen Sie die Null für die Amtsleitung vor und dann die eigentliche Nummer.«

Ich wollte etwas erwidern, ließ es aber bleiben und wählte Natalies Nummer.

Ihre Mutter ging dran.

»Hier ist Tim«, meldete ich mich. »Tim Landberg. Ist Natalie da?«

»Tim Landberg . . .«, murmelte sie. Schweigen. Dann: »Moment.«

An dem Geräusch hörte ich, dass sie die Hand vor die Muschel hielt. Nach endlosen Sekunden sagte sie: »Natalie ist nicht da.« Schweigen.

Ich versuchte mühsam mich zu beherrschen. »Können Sie ihr etwas von mir ausrichten?«, fragte ich möglichst ruhig und sachlich.

Schweigen. Ich schielte zur Sozi rüber. Sie las in irgendeiner Akte, schien ganz vertieft. Ich räusperte mich und fragte sie: »Kann ich mich hier anrufen lassen?«

Greiner-Sand warf einen Blick in ihren Terminkalender, der offen neben der Akte lag, und sagte ohne aufzusehen: »Morgen Nachmittag um vier.« Sie schrieb mir die Nummer auf einen Zettel.

»Kann mich Natalie morgen um vier mal anrufen?«, fragte ich in den Hörer.

Schweigen. Dann, zögernd: »Ich weiß nicht.«

»Ich sage Ihnen die Nummer«, drängte ich, gab ihr die Zahlen durch.

»Hab ich«, bestätigte die Frau so schnell, dass sie unmöglich irgendwas aufgeschrieben haben konnte.

»Ich ruf morgen wieder an!«, sagte ich, was sich für Natalies Mutter wie eine Drohung anhören musste. Ohne Gruß legte sie auf.

Am liebsten hätte ich das Telefon in eine Ecke geworfen. Als ich es wieder auf den Schreibtisch stellte und meine Zigarette im Aschenbecher ausdrückte, legte die Sozi ihren Kugelschreiber aus der Hand und sah mich offen an.

»Wollen Sie drüber reden?«

»Klar«, sagte ich. »Aber bestimmt nicht mit Ihnen.«

Sie schien keine andere Antwort erwartet zu haben,

erhob sich und griff nach dem Schlüsselbund, an dem der Knochen baumelte, der große Schlüssel, der auf alle Türen innerhalb der Zellentrakte passte, das Zepter der Anstalt.

»Dann sehen wir uns morgen um vier.«

Sie brachte mich zurück auf meine Hütte und erklärte zum Abschied: »Wenn Sie mich sprechen wollen, geben Sie dem Abteilungsbeamten einen Antrag. Dann komme ich zu Ihnen, sobald ich Zeit habe. Inzwischen melde ich Sie schon mal zum Aufnahmetest für den Schulkurs an.«

Ich kehrte ihr den Rücken zu. Nicht, weil ich sie nicht mochte, sondern weil ich es nicht ertragen konnte, die Türe zufallen zu sehen. Mit Getöse schob sie den Riegel vor und drehte den Knochen im Schloss.

Weghängen

Auf meinem Tisch lagen etliche Zettel, angefangene Briefe an Natalie. Mindestens genauso viele hatte ich schon abgeschickt. Sie hatte mir kein einziges Mal geantwortet. Vermutlich lag es an ihrer Mutter. Ich konnte mir gut vorstellen, dass die alte Spießerin jeden meiner Briefe abfing. Sie hatte mich noch nie leiden können und wollte wohl – jetzt, wo ich im Knast saß – jeden Kontakt verhindern. Anscheinend war der Beamte, der meine Post zu kontrollieren hatte, der einzige Mensch, der die Briefe jemals las.

Ich kannte Natalie noch vom Gymnasium. Wir waren

als Kinder locker befreundet gewesen. Aber als ich auf die Hauptschule kam und nach und nach immer weiter abrutschte, verbot ihr ihre Mutter mich zu treffen. Von da an wurde Natalie erst richtig interessant für mich. Und vor rund einem halben Jahr waren wir zusammengekommen. Wir trafen uns heimlich, das gefiel mir. Auf einer schmutzigen Matratze in der Schrebergartenlaube meines Stiefvaters haben wir es zum ersten Mal getan. Und auch zum letzten Mal, denn am Tag drauf passierte die Sache mit Nico.

Natürlich würde ihre Mutter die Nummer nicht weitergeben. Aber ich würde morgen wieder anrufen. Ich würde so lange anrufen, bis irgendwann einmal ihre Mutter nicht zu Hause war und ich mit ihr reden konnte.

Den ganzen restlichen Tag und die halbe Nacht formulierte ich Sätze, überlegte mir, was ich sagen würde, wie ich ihr begreiflich machen könnte, dass ich jeden Tag, jede Minute an sie dachte, wie sehr ich mich über einen Besuch von ihr freuen würde.

Warum hatte sie nicht wenigstens versucht irgendwie Kontakt mit mir aufzunehmen? Warum hatte sie nicht mal einen einzigen Brief geschrieben?

Ihre Mutter musste auch das verhindert haben. Ich konnte mir nicht vorstellen, wie, aber das war die einzige mögliche Antwort auf diese Fragen.

Ich sprang aus dem Bett, riss das Fenster auf und atmete die kühle, klare Nachtluft durch die Gitterstäbe ein. Irgendwo da draußen war sie jetzt. Keine Ahnung, wie spät es sein mochte. Schlief sie schon, sah sie noch fern, hörte sie Musik, telefonierte sie mit einer Freundin, telefonierte sie mit einem anderen?

Ich verbot mir diese letzte Frage kategorisch, warf mich wieder aufs Bett und programmierte meine Gedanken auf schöne, warme Erinnerungen. Konzentriert surfte ich auf der Oberfläche meines Gedächtnisses durch die Bilder von ihr: Ich sah ihr Lächeln, ihr duftendes Haar, ihr kleines Piercing im Bauchnabel, ihre nackte Haut auf dem Bettlaken, das wir über die alte Matratze in der stickigen Schrebergartenlaube gelegt hatten, an diesem gewittrigen Nachmittag im März. Da schob sich von links eine fremde Hand ins Bild und fuhr über ihren zarten Körper. Die Hand eines fremden, eines freien Jungen! Und ich zerrte an meinen Ketten und erreichte sie nicht mehr. Träumte ich schon oder war ich noch wach? Ich wälzte mich auf dem Bett hin und her, aber das Bild des anderen ließ sich nicht verdrängen. Ich schaltete um, sah Natalies Mutter vor mir und begann sie mit aller ungeteilten Intensität zu verabscheuen. Das funktionierte besser. Natalies Mutter war schuld. Sie ganz allein! Jawohl.

Und sie war es auch, die am nächsten Tag wieder ans Telefon ging, als ich bei Greiner-Sand im Büro saß und wie ein Süchtiger auf Entzug nervös mit den Beinen wackelte, auf meiner Unterlippe herumkaute und mit dem Oberkörper hin und her wippte.

»Sie ist nicht da.«

»Haben Sie ihr meine Nachricht weitergegeben?«

Schweigen.

»Wann kann ich Natalie denn erreichen?«

Schweigen.

»Sagen Sie doch was.«

Seufzen. »Hör mal, Tim. Das musst du verstehen. Natalie ist . . .«

Dann ein Rascheln am anderen Ende. Pause. Plötzlich hörte ich Natalies Stimme. »Tim?«

Ich explodierte fast auf dem Sofa. »Natalie!«, rief ich. »Endlich. Ich vermisse dich so sehr. Ich habe dir jeden Tag geschrieben, ich denke ständig an dich, du musst unbedingt –«

Sie wollte mich unterbrechen: »Tim, du . . . ich –«

»Egal«, sprudelte ich. »Mir ist alles egal, aber bitte schreib mir mal und komm her, ich kann zweimal im Monat eine Stunde Besuch bekommen, ich will dich sehen, ich werd noch verrückt hier drin. Wann kommst du?«

»Tim«, begann sie wieder, passte meine Atempause ab und sagte schnell und tonlos: »Tim, ich werde nicht kommen.«

»Was?« Ich verstand nicht. »Du brauchst es deiner Mutter doch nicht zu sagen«, rief ich. »Die muss das doch gar nicht wissen, sag ihr einfach dasselbe wie immer.«

Natalie räusperte sich. »Tim, ich komme nicht, weil ich es nicht will.«

Ich stockte. Ich hörte, wie Natalie sich wieder räusperte. Anscheinend musste sie ihre Tränen herunterschlucken. Sie wartete darauf, dass ich etwas sagte. Aber ich konnte nicht. Vielleicht würde ich nie wieder etwas sagen können.

»Tim«, brach sie das Schweigen. »Ich habe lange nachgedacht, ehrlich. Ich hab dich wirklich lieb. Aber wenn wir zusammenbleiben würden . . . stell dir das doch mal vor. Ich bin gerade mal sechzehn. Wenn du rauskommst, dann werde ich schon fast neunzehn, dann bist du vielleicht ein völlig anderer Mensch, oder ich bin ein völlig anderer Mensch und wir erkennen uns gar nicht wieder.«

Sie stockte. Ich sagte noch immer nichts. Sekunden vergingen wie Jahre.

»Tim? Bist du noch da? Du, mir ist egal, was du getan hast. Wirklich. Aber ich kann nicht auf dich warten, nicht meine ganze Jugend lang. Dazu bin ich nicht stark genug. Hörst du?«

Natalie machte noch einen Versuch: »Mir tut es genauso weh wie dir. Ich erwarte nicht, dass du mich verstehen kannst.« Sie machte eine Pause, schluckte, zog die Nase hoch. »Versuch einfach mich zu vergessen.« Noch eine Pause. »Deine Briefe waren wunderbar. Aber bitte schreib mir nicht mehr.« Pause. »Versuch einfach mich zu hassen.«

Ich legte auf.

Ulrike Greiner-Sand warf mir einen Blick zu. Die Szene kenn ich, schien sie zu denken, aber sie sagte es nicht.

Von dem überlegenen jungen Mann, den ich gestern an gleicher Stelle gegeben hatte, war nicht ein einziges Krümelchen übrig geblieben.

Die Sozi tat ihren Job, bot mir an »darüber zu reden«, stellte verschiedene Fragen, signalisierte Verständnis, versuchte mir Mut zu machen.

Irgendwann fegte sie den Rest von mir zusammen und brachte ihn zurück auf Zelle.

Das Gefühl zu beschreiben ist schwer. Es war nicht der berühmte Schlag, der einen trifft wie ein Holzhammer, nicht das berühmte Messer, das einem in die Brust gestoßen wird. Ich fühlte mich wie eine Kerze, die ganz heruntergebrannt war und still erlosch. Eine schmale Rauchfahne stieg auf und verlor sich. Das war mein Gefühl. Und plötzlich musste ich kotzen. Krämpfe beugten mich übers Klo und ich würgte und spuckte und röchelte, bis ich nichts mehr fühlte außer dem Geschmack von Magensäure im Mund.

In der Ruhe nach diesem Gewitter lag mein Kopf mit der linken Wange auf dem kühlen Porzellan und ich schaute hinab. Unter mir dümpelten Fettaugen und halb verdaute Nudeln. Bei mir behalten hatte ich lediglich eine Art mechanisches Bewusstsein, das um ein Wort kreiste, von dem ich hier drin inzwischen schon oft gehört hatte. »Weghängen« heißt in der Knastsprache das, was die häufigste Todesursache hinter Gittern ist. Weghängen war die einzig logische Konsequenz. Es gab hier nichts zu entscheiden, es war ein Prozess, bei dem ein Schritt notwendigerweise auf den nächsten folgte, auf einer geraden Strecke zum vorbezeichneten Ende. Logischerweise hatten sie mich gekriegt, logischerweise trennte sich Natalie von mir, logischerweise musste ich tun, was ich nun zu tun hatte, und war unterdessen schon dabei, aus meinem Bettlaken schmale Streifen zu reißen und sie zu einem Seil zu verknoten. Mechanisch knüpfte ich eine Schlinge und befestigte das andere Ende des Seils ganz oben an den Gitterstäben.

Logischerweise öffnete sich die Zellentüre und schob

sich der Schnäuzer von Matschulla herein. Wir starrten einander an: ich das Seil in der Hand, er den Schreck in den Augen. Langsam kam er auf mich zu, nahm es mir aus der Hand und legte es zur Seite.

Wahrscheinlich gab es noch nie einen Selbstmordversuch, der unromantischer, weniger tragisch und banaler geendet hätte, als meiner. Mir wurde das Absurde dieser Szene bewusst, der mechanische Zwang fiel von mir ab, der säuerliche Gestank meines Erbrochenen aus dem Klo stieg mir in die Nase und logischerweise musste ich mich ein zweites Mal übergeben.

Bunker

Fast könnte ich lachen, wenn ich jetzt daran denke. Ich muss ein ganz schön doofes Gesicht gemacht haben, als Matschulla plötzlich in meiner Zelle auftauchte. Das Ganze war ein vergleichsweise lächerlicher Grund gewesen, sich umzubringen. Gut daran war die Erfahrung, dass ich schlichtweg nicht der Typ bin, der sich einfach weghängt.

Ich bin sicher, ich hätte es nicht getan. Auch dann nicht, wenn der Grüne mich nicht von draußen kotzen gehört und sich Sorgen gemacht hätte. Zu dieser Einschätzung muss auch der Psychologe gekommen sein, der sich danach mit mir unterhielt. Er verzichtete darauf, mich offiziell als suizidgefährdet einzustufen, genau wie die Greiner-Sand. Ihre Bedingung war, dass ich für einige Zeit auf eine Doppelzelle ging. Damit wollten sie mir die Beruhigungszelle ersparen, den Bunker, das hier. Wer weiß, hätten sie mich damals hier reingesteckt, wäre ich vielleicht heute nicht in diesem Loch. Was für eine Ironie mal wieder! Und immer diese Worte, die SIE gesagt hat: ». . . dann gehst du zurück.«

Abziehen

So willigte ich ein und landete bei Bodo Ingel, der mich bereitwillig aufnahm und sich wirklich rührend um mich sorgte. Mit ihm die Zelle zu teilen brachte etwas Abwechslung. Leider war damit aber auch der letzte Rest meines Intimlebens zum Teufel. Immerhin hatte Bodo einen Job in der Kfz-Werkstatt. Er rückte jeden Morgen um Viertel vor sieben aus, kam um halb zwölf zur Essensausgabe wieder und musste dann noch mal von viertel nach zwölf bis drei zur Arbeit. Das waren die Stunden, in denen ich geruhsam in Bodos Zeitschriften blättern oder fernsehen konnte. Ab und zu warf ich eine CD in seinen Ghettoblaster, auch wenn ich noch nie einen Faible für grenzdebile Nazimusik hatte – es war immerhin hart, laut und mal was anderes. Ich kann nicht verhehlen, dass es mir in diesen Wochen den Umständen entsprechend einigermaßen gut ging. Meine lächerliche Weghängaktion war in meiner Erinnerung schon nach wenigen Tagen so verblasst, dass ich mich oft fragte, ob ich dieses unwirkliche Erlebnis vielleicht nur geträumt hatte. Nur Bodo Ingel erinnerte mich manchmal daran, wenn er mir einen seiner zahlreichen weisen Ratschläge gab. So wie eines Tages, als unser Flur Aufschluss hatte. Wir hingen am Kickertisch rum und schauten einem spannenden Duell zu. Jablonski und ein hagerer Glatzkopf, den sie Bohne nannten, zockten mit äußerster Anstrengung gegen zwei Araber, deren Freunde unweit an der Wand lehnten und ebenfalls zusahen.

»Du hast das ganze Leben noch vor dir«, laberte Ingel in mein linkes Ohr. »Fast jeder hier drin hatte draußen eine Frau. Und fast jeder ist von ihr verlassen worden. Das ist ganz normal, das gehört zum Knast dazu. Weghängen ist für Feiglinge, du bist kein Feigling. Mann, Jablonski, pass auf deinen Torwart auf, du Idiot.« Bodo löste sich von meiner Seite, legte die Arme um Jablonski und Bohne und verteilte väterlich seine Kicker-Tipps. Jetzt trat ein drahtiger Kerl mit kurzen, nachtschwarzen Haaren aus der Gruppe der Araber heraus und kam auf mich zu. Von Bodo wusste ich nur, dass er Said hieß und dass ich mich vor ihm zu hüten hätte. Er winkte mir zu, kam näher und zog mich beiseite. Leise sagte er: »Nächste Woche ist dein erster Einkauf, stimmt's?«

»Komm zur Sache«, erwiderte ich möglichst kühl und unbeeindruckt. Eigentlich war mir klar, worauf er hinauswollte.

»Hier drin lebt man gefährlich«, erläuterte mir Said mit gönnerhaftem Lächeln. »Mach mir 'n Einkauf klar, Tee und Tabak für dreißig Euro, dann garantiere ich für deine Sicherheit. Alles klar?«

»Mal sehen«, brummte ich und versuchte gleichgültig zu wirken.

»Du machst das schon.« Said klopfte mir auf die Schulter und entfernte sich.

Im nächsten Moment stand Bodo Ingel vor mir. »Was wollte der Kanake von dir?«

»Mich abziehen.«

»Scheiße.«

»Natürlich scheiße«, brummte ich. »Was soll ich tun?«

Bodo runzelte die hohe Stirn seines kahlen Schädels. »Wenn du dich darauf einlässt, hast du verloren«, rechnete er mir vor. »Dann zeigst du allen, dass du ein Schwächling bist, und sofort kommt der Nächste. Wenn du dich weigerst, hast du auch verloren, denn Said gehört zu Al-Hakkas Clique. Die machen dich schneller platt, als du Heil Hitler sagen kannst.«

»Hast du einen deiner tollen Tipps für mich?«

»Ich könnte mit Al-Hakka reden«, überlegte Bodo. »Wenn ich ihm sage, dass du unter meinem Schutz stehst, kommst du vielleicht mit einem eins zu eins davon.«

Ich ahnte, was das hieß. »Ihr arrangiert eine Klopperei zwischen Said und mir?«

Bodo nickte. »Wenn Al-Hakka einverstanden ist. Den Said kannst du mit einem Schlag umklatschen. Kein Problem für dich. Und du bist die Sache los.«

Ganz so optimistisch war ich nicht. Am liebsten hätte ich Bodo gesagt, dass ich mich noch nie im Leben mit jemandem geschlagen hatte.

Für ihn schien die Angelegenheit damit schon abgeschlossen zu sein, denn er wechselte das Thema und meinte: »Und wegen der Sache mit dem Weghängen – die haben hier einen ziemlich guten Himmelskomiker, der könnte dich schon auswuchten und wieder gerade rücken.«

Ich stemmte die Hände in die Hüften. »Hör mal«, begann ich. »Ich bin nicht bescheuert unterm Dachge-stühl. Alles, was ich brauche, ist eine Strategie, mit Said fertig zu werden.«

»Umklatschen«, grinste Bodo. »Wenn's weiter nichts ist, einfach umklatschen, den Kanak.«

»Einschluss«, tönte Matschulla von hinten.

»Fuck«, rülpste Jablonski. Er und Bohne ließen den Kickergegnern einen Pack Tabak rüberwachsen. Lang-sam trollten wir uns in die Zellen. Al-Hakka und seine Freunde zogen an uns vorüber.

Said boxte mich in die Rippen. »Tee und Tabak!«

Später, als wir auf Zelle saßen und Bodo unter dem in-fernalischen Gestank der brennenden Margarine seinen Kocher auf Touren brachte, fragte ich ihn: »Was zur Hölle ist ein Himmelskomiker?«

Bodo schien mühsam nach dem richtigen Wort zu suchen. »Ein Käfigheiliger halt, so ein Pastor, ein Pfaffe eben. Bohne – du weißt schon, der Typ, der eben am Ki-cker war –, der ist Kirchenhausarbeiter beim Pfaffen, hält große Stücke auf den. Schreib halt mal 'n Antrag, dann besucht er dich. Wer weiß, Zeitverschwendung ist es ja eh nicht.« Er lachte und fuhr seine mächtige Pranke aus, um mir den obligatorischen freundschaftlichen Schlag auf die Schulter zu versetzen. Er traf immer die-selbe. Meine »Freundschaft« mit Bodo würde mir wahr-scheinlich lebenslange Haltungsschäden bescheren. Doch diesmal wich ich ihm aus und meinte: »Aber bei der Sache mit Said kann er mir auch nicht helfen.«

»Keiner kann das«, nickte Bodo, zog seine Pranke wie-der ein und widmete sich dem Kocher, auf den er jetzt eine leere Keksdose setzte, die mit etwas Wasser gefüllt war. Von irgendwo her kramte er ein Tütchen Salz hervor und streute eine Prise hinein.

»Du kannst das dem Pfaffen zwar erzählen«, sinnierte er. »Aber das bringt dir nichts. Und zu Matschulla darfst du auf keinen Fall gehen oder zu deiner Sozi, der Greiner-Sand. Ansonsten kommst du bestenfalls im Rollstuhl hier raus. Wenn man hier drin Palaver kriegt, muss man das unter sich regeln. Zinker sind lebende Leichen, klar?«

»Wann sprichst du mit Al-Hakka?«

»Mal sehen«, brummte Bodo und schaute zu, wie sich in seiner Keksdose erste kleine Bläschen bildeten. Offenbar war es ihm unangenehm, mir diesen Gefallen zu tun. Al-Hakka schien einen ziemlich großen Einfluss unter den Arabern zu haben. Es war klar, dass die Araber auf einen wie Bodo, der seine rechte Gesinnung kaum verbarg, nicht allzu gut zu sprechen sein konnten. Immerhin genoss Bodo einen gewissen Respekt unter den Mitgefangenen, der sicher zum Teil darauf beruhte, dass sich niemand allein mit ihm anlegen würde. Vermutlich zum Teil aber auch darauf, dass Bodo sich umgekehrt auch mit niemandem anlegte. Bodo war mit sich und der Knastwelt im Reinen. Und geantwortet hatte er mir immer noch nicht. Stattdessen öffnete er ein Päckchen Nudeln und warf sie ins Wasser, das inzwischen kochte. Noch ein Aspekt fiel mir ein. Wenn ich Bodo zu meinem Anwalt machte, wäre für alle klar, dass ich zu ihm gehörte. Und damit zu den Rechten. Das musste ich mir nicht auch noch geben. Außerdem: Egal, wie die Sache lief, ich würde sowieso gehörig Prügel beziehen. Da konnte ich genau so gut von Anfang an allein für mich sorgen.

»Ich überlege gerade«, begann ich, »vielleicht ist es besser, ich rede selbst mit Al-Hakka, was meinst du?«

»Korrekt«, nickte Bodo ohne aufzuschauen. Damit war die Sache klar. »Die Nudeln sind fertig. Magst du welche?«

Palaver

Der nächste Tag wurde durchaus ereignisreich. Ich schrieb einen Antrag, um den Priester zu sehen. Hier drin muss man für alles einen Antrag schreiben. Ein Wunder, dass sie einen einfach ohne Antrag scheißen lassen, wenn man muss.

Anschließend machte ich diesen Aufnahmetest, um in den Kurs reinzukommen, der in wenigen Wochen beginnen würde. Plötzlich bewegte ich mich auf vertrautem Terrain. Während mir meine bisherige Zeit im Knast vorkam, als müsse ich mit verbundenen Augen einen nicht vorhandenen Pfad durch vermintes Unterholz finden, hatte dieser Test etwas von einem Heimspiel. Ich merkte, dass meine eingerosteten grauen Zellen nach Nahrung lechzten. Absurd, ich weiß, aber hier drin ist ja letztlich alles absurd. Und so sog ich gierig jede Aufgabe des Tests in mich hinein wie ein Verdurstender den Tau von einem Grashalm.

Geradezu artistisch bewegte ich mich durch die Zahlenwelt der Mathematik. Virtuos meisterte ich das Vorlesen und Übersetzen eines ziemlich blöden englischen Textes, bevor es an die Kronjuwelen ging: Textverständnis in Deutsch. Ein untersetzter Endvierziger mit Halbglatze, Halbbrille und halb mildem, halb strengem Blick legte mir eine Kurzgeschichte vor. Feiersing hieß der Mensch, trug ungelogen den von der Justizverwaltung vergebenen Titel Oberlehrer und staunte nicht schlecht, als ich den Text nach Strich und Faden auseinander nahm. Zu blutarm käme er mir vor, die Figuren ohne Konturen gezeichnet, das vermeintlich überraschende Ende zu offensichtlich, die Botschaft zu dick aufgetragen.

Feiersing nahm die Halbbrille ab, putzte bedächtig die Gläser mit einem seidenen Tuch. »Interessant«, gab er zu. »Wir sehen uns im Unterricht.«

Ich fühlte mich glänzend. Zum ersten Mal seit langem kam ich mir wieder wie ein Mensch vor. Draußen hatte ich Unmengen von Büchern verschlungen über Philosophie, Geschichte, Politik, auch noch lange, nachdem ich meine schulische Karriere an den Nagel gehängt hatte. Hier drin war das alles innerhalb weniger Wochen vollkommen verstaubt. Und seit der Sache mit Natalie hatte ich das Denken ganz eingestellt. Neun Tage war es nun her, dass ich im Büro der Sozi mit ihr telefoniert hatte. Neun Tage seit meinem lächerlichen Versuch, mein mit Talenten gesegnetes Leben wegen dieser ignoranten Kuh zu beenden. Neun Tage, in denen ich mit Bodo und seinen Kumpels gelabert oder ferngesehen oder Musik gehört hatte, immer ohne irgendetwas zu denken. Nun atmete mein Geist wieder, meine seelischen Lungenflügel blähten sich auf. Ich war wieder da.

Leider hielt diese Euphorie nicht lange an. Die Freistunde brach an und mit ihr der Moment der Entscheidung.

Al-Hakka und seine Clique bildeten einen dichten Kreis, als ich in ihre Mitte trat. Jeder Muskel meines Körpers war angespannt, mein Puls raste. Ich kam mir wie in einem Western vor, wo ein Cowboy ganz allein in das Lager der feindlichen Sioux reitet. Ich konzentrierte mich darauf, keine Angst zu zeigen, möglichst souverän zu wirken.

Der Wortführer war breitschultrig und muskulös, gut einen Kopf länger als die anderen, mindestens zwanzig Jahre alt. Kein Wunder, dass sie ihn Al-Hakka, den Großen, nannten. Er sah mich unverwandt an und wartete darauf, dass ich ihn ansprach. So, als sei es selbstverständlich, dass ich mit ihm und nur mit ihm redete. Ich hielt seinem Blick stand und zeigte auf Said, ohne die Augen von Al-Hakka zu lassen.

Al-Hakka sprach zuerst. »Ey Mann, hast ein Problem oder was?«

»Der will mich abziehen«, sagte ich, um eine feste Stimme bemüht.

Der »Große« zog seine dichten Augenbrauen hoch.

»Na und?«

Ich räusperte mich, bevor ich den Text aufsagte, den ich mir zurechtgelegt hatte: »Ich will, dass sich keiner von euch einmischt, wenn Said und ich das unter uns klären.«

Al-Hakka nickte leicht. »Ich schwöre.« Das war ja einfach.

Dann blickte er sich kurz um, wies auf eine Ecke des Hofes. »Dort«, sagte er.

46

Mein Herz rutschte in die Hose, kam unten am Hosenbein wieder raus und machte sich aus dem Staub.

»Jetzt?«, fragte ich völlig überrumpelt. Keine Ahnung, was genau ich von diesem Gespräch erwartet hatte, aber in meiner Fantasie verabredeten wir eine Schlägerei in zeitlichem Abstand, am besten dreißig Jahre, zumindest aber genug, um irgendeine Art Plan zu schmieden oder mir von Bodo ein paar Schläge und fiese Tricks zeigen zu lassen. Aber mir blieb keine Zeit zum Nachdenken. Der Pulk Araber drängte mich in die Ecke, Al-Hakka baute sich wie ein Ringrichter zwischen uns auf, einige drehten uns den Rücken zu, um auf die Grünen zu achten. Dann stand ich Said gegenüber.

Mir fiel nicht das Geringste ein, das ich nun hätte tun können. Ich hoffte nur, Said würde es möglichst rasch zu Ende bringen ohne mich lange leiden zu lassen. Sollte ich seine Augen fixieren? Oder besser seine Hände? Was war mit seinen Füßen? Vielleicht konzentrierte ich mich doch besser auf seine Augen, möglicherweise sah ich seinen Augen an, was er vorhatte. So bohrte sich mein Blick in seinen und sein Tritt in meine Magengrube traf mich völlig unvorbereitet. Ich japste nach Luft, bekam aber keine, krümmte mich, als Said mit vorgebeugtem Kopf auf mich zukam, seine Stirn hart wie Beton meine linke Augenbraue zermalmte und ich das Gleichgewicht verlor. Erst als ich am Boden lag, fiel mir ein Schmerzen zu haben. Blut rann in mein linkes Auge und nahm mir die Sicht. Ich wartete auf einen Tritt in die Nieren oder einen finalen Todesstoß. Stattdessen wurde ich gepackt und unsanft auf die Füße gezogen.

»Was ist hier los?«, donnerte eine Männerstimme.

Ich kniff das anschwellende Auge zu und sah mit dem anderen einen Grünen vor mir stehen. Ein zweiter hielt Said fest, während ein dritter die Araber auseinander scheuchte. Mein Schädel dröhnte wie eine alte Bassbox kurz vor dem Exitus, noch immer lief Blut aus meiner Augenbraue. Immerhin bekam ich wieder Luft. Der Grüne schüttelte mich, rief irgendwas.

Wer denn angefangen habe, ob ich Said provoziert hätte und so weiter. Ich antwortete nicht, sondern sah zu meinem Gegner hinüber. Er sah schweigend zu Boden. Der Beamte, der mich festhielt, sagte schließlich: »Also gut, erst mal aufs Revier mit dem hier. Und dann alle beide zum Chef.«

Wow. Ich hatte es hinter mir.

Popshop

So lernte ich das Krankenrevier kennen und seinen leitenden Arzt, der den Charme eines Pferdedoktors verströmte, seinen Job aber ganz gut zu machen schien. Er nähte meine aufgeplatzte Augenbraue und checkte mich kurz durch. Wie denn das überhaupt habe passieren können. Ich sei in Gedanken gegen die Mauer gelaufen, erwiderte ich.

Das erzählte ich auch dem Anstaltsleiter. Der »Chef« war ein grau melierter Herr um die fünfzig und offenkundig der einzige Mensch in diesem ganzen Laden, der eine Krawatte trug. Wir saßen vor seinem Schreibtisch: zwei der Beamten von vorhin, dazu Matschulla, Said und ich. Der Chef hatte unsere Akten vor sich liegen. Meine dünn und jungfräulich, Saids meterdick und voller gelber Zettel.

»Nun, Herr Achmadi«, sagte der Chef zu Said. »Sie können es wohl nicht lassen.«

»Was denn?«, empörte sich Said. »Ich habe nichts gemacht. Ich schwöre.«

Einer der Grünen, die uns auf dem Hof getrennt hatten, fuhr ihn an: »Erzählen Sie uns keine Märchen. Sie haben den Herrn Landberg in der Freistunde übel zusammengeschlagen. So war es doch?« Er sah zu mir.

Ich zuckte mit den Achseln und wiederholte meine lächerliche Version. Said warf mir einen Blick von der Seite zu, einen Blick zwischen Misstrauen und Respekt, wie mir schien.

Matschulla erkundigte sich bei seinen Kollegen, wer angefangen habe. Die beiden konnten es nicht sagen.

»Na denn«, seufzte der Chef und sprach sein Urteil: »Zwei Wochen Freizeitsperre für jeden der Herrn. Das wär's. Noch einen schönen Tag.«

Wir bekamen beide einen »Gelben« in unsere Akten und wurden dann weggebracht. Inzwischen hielt mich eh kein Mensch mehr für suizidgefährdet und sie gaben mir wieder meine Einzelzelle.

Da saß ich nun. Wieder ohne Musik, ohne Fernseher, nichts zu lesen, kein Umschluss, kein Aufschluss. Popshop. Das Ende eines interessanten Tages.

Überhaupt vorerst das Ende für interessante Tage. Alles, was ich hatte, waren Papier und Kugelschreiber. Aber seit ich Natalie nicht mehr schrieb, gab es im Grunde gar nichts mehr zu schreiben. Ich konnte mich leider nicht immer davon abhalten, an sie zu denken. Was sie wohl gerade tat? Ob sie mich vermisste? Hatte sie eigentlich die Wahrheit gesagt oder gab es doch einen anderen? Was sie wohl fühlen würde, wenn sie mich jetzt so sehen könnte?

Je länger ich hier »abkackte«, desto unwirklicher war die Erinnerung an sie und an die Zeit mit ihr. Vermutlich hatte ich sie nicht wirklich geliebt. Vermutlich hatte ich überhaupt noch nie in meinem ganzen Leben wirklich geliebt. Bloß jetzt nicht noch sentimental werden!

Am ersten Tag meiner Freizeitsperre pennte ich die meiste Zeit vor mich hin und verdrängte den Schmerz meiner geplatzten Augenbraue.

Den zweiten Tag nutzte ich, um das restliche Papier mit dem Satz dieses Philosophen voll zu kritzeln: »Ich weiß, dass ich nichts weiß.«

Am dritten Tag hockte ich am Fenster und hasste die Welt dafür, dass sie sich einfach ungerührt weiterdrehte, egal, wie dreckig es mir ging. Bodo pendelte mir ein vergilbtes Sexheftchen, eine veraltete Sportzeitung und etwas Tabak rüber. Das schaffte ein bisschen Abwechslung. Sonst erlebte ich rein gar nichts. Trotz Popshop hätte mir eigentlich die tägliche Freistunde auf dem Hof zugestanden. Aber ich blieb auf meiner Hütte, denn ich war nicht scharf darauf, Said und Al-Hakka und diesen Leuten zu begegnen.

Am vierten Tag klopfte es. Ich drehte mich um und erwartete Ulrike Greiner-Sand, aber statt ihrer tauchte ein

Mann in alten Jeans und Holzfällerhemd auf. Der Käfigheilige!

»Heinz Bergkämper«, stellte er sich vor. »Katholischer Gefängnisseelsorger. Darf ich Sie auf einen Kaffee zu mir einladen?«

»Ich hab Popshop«, erwiderte ich zögernd.

»Weiß ich«, nickte der Heilige. »Ich dachte, Sie könnten einen Tapetenwechsel vertragen. Kommen Sie ruhig.«

Rasch zog ich mir Schuhe an und folgte ihm. Nach der üblichen ewigen Prozedur – vor jeder Gittertüre warten, bis er aufschloss, durchgehen, warten, bis er wieder abgeschlossen hatte – erreichten wir sein Büro, das dem der Sozi glich, nur etwas mehr Chaos, weniger Grünlilien und dafür zwei Sofas statt einem. Ich hockte mich hin und ließ mich mit Keksen und Kaffee versorgen. Bergkämper drehte zwei Kippen, eine für sich und eine für mich. Dann lehnte er sich zurück, zündete seine Zigarette an, nahm einen tiefen Zug und betrachtete mich schweigend. Ich machte es ihm nach und sah schweigend zurück.

»Wie geht's Ihnen?«, fragte er schließlich.

»Und selbst?«, fragte ich zurück.

»Will nicht klagen«, meinte der Priester. »Gestern musste ich mein Auto in die Werkstatt bringen und deshalb heute Morgen mit dem Bus fahren. Dabei habe ich den ersten verpasst und bin etwas in Stress geraten, weil ich mich bei einer Besprechung verspätet habe. Außerdem zwickt's im Rücken. Aber sonst bin ich zufrieden.«

Da saß er und erzählte mir was, wie beim Kaffeeklatsch. Keine Rede vom Weghängen oder von der Sache, wegen der ich saß. Obwohl er meine Akte genau kannte, jede Wette. Wahrscheinlich gehörte das zu seiner Aufwärmphase für ein »seelsorgliches Gespräch« oder wie man das nennt.

Nach einer Weile gab ich zu: »Ich bin voll am Abkacken.«

»Allgemein oder wegen Popshop?«

»Allgemein.«

»Ich könnte Ihnen demnächst einen Fernseher besorgen. Natürlich erst, wenn Ihr Popshop rum ist. Ich bekomme manchmal Spenden.«

»Cool.«

Seltsamer Heiliger. Wollte er mir denn gar nichts von seinem Gott erzählen?

Bergkämper verfügte über eine prall gefüllte Bücherwand. Ich schnippte etwas Asche ab, stand auf und musterte die Bücher. Einige Bibeln, verschiedene Liederbücher, fromme Aufsatzsammlungen, philosophische und theologische Abhandlungen, etwas Fachliteratur mit Titeln wie *Gott im Knast*.

»Kennen Sie den Satz *Ich weiß, dass ich nichts weiß*?«, fragte ich ohne mich umzudrehen.

»Sokrates«, antwortete der Priester. »Wie kommen Sie darauf?«

»Das ist das einzig Wahre, finde ich.«

»Sie sind auf der Suche nach Wahrheit?« Bergkämper erhob sich ebenfalls und trat neben mich. »Der Satz ist ganz nett, hat aber einen Fehler.«

»Nämlich?«

»In dem Moment, wo ich weiß, dass ich nichts weiß,

weiß ich immerhin schon etwas. Und damit weiß ich nicht mehr nichts.«

Ich drehte mich zu ihm um. »Sind Sie Pfarrer oder Philosoph?«

»Ist das ein Widerspruch?«, fragte er zurück. »Ich sage Ihnen was. Halten Sie sich lieber an Descartes und seinen Satz: *Ich denke, also bin ich*.«

Ich zog an meiner Zigarette. »Denke ich denn?«

»Das müssen Sie schon selbst wissen. Es hört sich allerdings so an, wenn Sie mich fragen.«

»Keine Ahnung. Vielleicht bilde ich mir auch nur ein, dass ich denke.«

Bergkämper lachte. »Ja, und dann bilden Sie sich auch nur ein, dass Sie sich einbilden, Sie würden sich einbilden, dass Sie denken. Und so weiter. Ein ewiger Kreislauf der Verzweiflung.«

»Sie würden auch verzweifeln, wenn Sie hier drin abkacken müssten.«

Der Pfarrer wurde wieder ernst. »Es geht aber nicht um mich«, entgegnete er. »Sind Sie verzweifelt?«

»Das war ich. Für ein paar Sekunden. Sie wissen schon, was ich meine. Aber jetzt ist es eher Zweifel als Verzweiflung, falls Sie verstehen.«

Bergkämper nickte. »Zweifel ist der erste Schritt auf der Suche nach dem, was Sie Wahrheit nennen.«

»Wenn es das überhaupt gibt.«

»Ich finde schon«, meinte der Priester. »Suchen Sie halt.«

Ich zog ein Buch aus dem Regal. Ein dicker Schinken, der von außen ziemlich schlicht aussah. *Sein und Zeit*, von einem gewissen Martin Heidegger.

Ich ließ mich wieder aufs Sofa fallen, drückte meine Kippe aus und schenkte mir noch einen Kaffee ein. Das Buch legte ich auf den Tisch.

»Leihen Sie mir das aus?«, fragte ich. »Sagen wir, bis nächste Woche?«

»Das ist schwer verdaulich, junger Mann«, meinte Bergkämper. »Interessieren Sie sich für Heidegger?«

Ich zuckte mit den Achseln. »Ich weiß nichts über den. Hab den Namen schon mal gehört. Aber solange ich Popshop habe, wüsste ich eh nichts anderes zu tun.«

»Meinetwegen«, meinte Bergkämper. »Beißen Sie sich ruhig ein wenig die Zähne daran aus. Kann ich sonst noch etwas für Sie tun? Möchten Sie vielleicht jemanden anrufen?«

Ich zögerte mit meiner Antwort. War das nur ein gut gemeintes Angebot oder eine versteckte Frage nach mehr?

Vorsichtig antwortete ich: »Nö.«

Und ich hatte nicht ganz falsch vermutet, denn Bergkämper fragte nach: »Haben Sie Kontakt zu irgendwem draußen?«

Ich schüttelte den Kopf. Natürlich kannte der Pfaffe meine Akte und meine familiären Verhältnisse. Vermutlich war es sein Job, ein bisschen in meiner Geschichte herumzugraben. Um die Sache abzukürzen, zählte ich auf: »Mein Stiefvater und seine Tochter sind tief enttäuscht von mir, meine Mutter hasst mich, meine Freundin hat mich verlassen und echte Freunde habe ich nie gehabt.«

»Wenn ich Ihnen etwas raten darf . . .«

»Ich kann Sie wohl kaum davon abhalten.«

»Halten Sie Kontakt nach draußen.« Er sah mich ernst an. »Wenn Sie rauskommen, werden Sie eine Anlaufstelle brauchen. Irgendwie müssen Sie ja wieder ins normale Leben zurückkehren. Und wenn Sie jetzt alle Brücken abbrechen, wird es sehr schwer für Sie.«

Seine Worte machten mich wütend. »Bis dahin hab ich ja noch mehr als eineinhalb Jahre Zeit!«, fuhr ich ihn an. »Darüber zerbreche ich mir den Kopf, wenn es so weit ist.«

»Wie Sie meinen«, erwiderte der Pfaffe ruhig. »Es kann dann aber auch zu spät sein.«

Er fing an mir gehörig auf den Geist zu gehen.

»Haben Sie mir sonst noch was Tolles zu sagen?«, fragte ich schroff. »Vielleicht was von Ihrem Jesus und den ganzen Leuten?«

»Sie haben mich nicht danach gefragt.«

»Vielleicht ein anderes Mal.«

»Wollen Sie zurück auf Zelle?«, fragte er. »Was zu lesen haben Sie ja jetzt. Wenn Sie möchten, hole ich Sie in ein paar Tagen um dieselbe Zeit wieder zu mir. »

»Okay«, nickte ich und packte den Heidegger unter den Arm.

Heidegger

Zwei Tage darauf hatte ich Einkauf, was trotz Popshop erlaubt ist. Mein erster Lohn war bereits eingegangen und ich langte groß zu. Bei dieser Gelegenheit traf ich Said wieder, der mich allerdings völlig in Ruhe ließ. Also konnte ich mein ganzes Geld in Tabak, Instanttee, Zeitungen, Kekse und allerhand Kleinigkeiten umsetzen. Einen großen Teil des Tabaks wandte ich dazu auf, mich bei Bodo und auch bei Jablonski und einigen anderen für ihre Großzügigkeit zu revanchieren. Mit verstärkten Pendelaktivitäten tauschte ich dies und das gegen andere Kleinigkeiten und allmählich wurde es richtig wohnlich bei mir. So kam ich beispielsweise an ein altes Tuch, das ich mir als Vorhang vors Fenster hängen konnte. Ich klebte mir drei Poster an die Wände – eins von Jens Nowotny, dem größten Libero aller Zeiten, eins von einer namenlosen Nackten und eins von meiner allerliebsten Boygroup, der Heavy Metal Band Manowar.

In den nächsten Tagen – inzwischen waren mir die Fäden aus der Augenbraue gezogen worden – traute ich mich auch wieder in die Freistunde. Als ich so zum ersten Mal seit langem den Hof betrat, wurde ich sofort von Al-Hakka erspäht. Er kam im Laufschritt auf mich zu. Bevor ich wusste, was mir geschah, setzte er ein breites Grinsen auf, legte einen Arm um mich und erklärte feierlich: »Said sagt, du bist korrekt. Said sagt, du bist ein Ehrenmann. Wenn du Palaver kriegst, mit irgendwem, dann komm zu mir. Al-Hakka ist immer für dich da. Willst du mit uns Fußballspielen?«

Ich war so baff, dass ich nicht ablehnen konnte, selbst wenn ich gewollt hätte. So gesellte ich mich zu den Arabern und kickte für den Rest der Freistunde mit ihnen rum. Die Bewegung tat richtig gut. Dann und wann schielte ich zu Bodo rüber, der mit Jablonski und dem dicken Jesko in einer Ecke rumhing, qualmte und mich mehr als misstrauisch beäugte.

Als wir am Ende der Freistunde wieder zusammengetrieben wurden, nahm er mich beiseite und raunte mir unfreundlich zu: »Neue Freunde, was? Aber lass dir sagen: Trau den Kanaken nicht. Denk an meine Worte.«

»Tu ich«, sagte ich knapp. »Danke.« Mir war nicht ganz klar, ob er mich damit wirklich nur vor den Arabern warnen wollte oder ob die Warnung auch unserem Verhältnis galt.

Plötzlich wunderte ich mich, wie rückhaltlos ich mich ihm anvertraut hatte, seit ich drin war. Draußen hatte ich ihn flüchtig gekannt. Ein paar meiner älteren »Freunde« waren mit den Leuten bekannt gewesen, mit denen Bodo rumhing. Wir hatten das ein oder andere Mal zusammen gesoffen und Bodo hatte das große Wort geführt. Ihm eilte von jeher der Ruf eines Schlägers voraus. Damit war er irgendwann für die rechte Szene interessant geworden. Das Interesse beruhte auf Gegenseitigkeit und Bodo hatte sich schnell einen Namen gemacht. Wir hatten mit den Rechten selten zu tun, aber man kannte sich. Schließlich gab es in meinem heimatlichen Spießerkaff nur wenige Plätze, an denen man in Ruhe abhängen konnte. So begegnete man sich zwangsläufig. Ich hing diesen Erinnerungen nach, als ich in die Zelle zurückkam, und wurde sie für den Rest des Tages nicht mehr los. Unablässig tauchten Gesichter vor meinem inneren Auge auf, Namen, Gesten, Sprüche, Erinnerungsfetzen von Erlebnissen.

Von niemandem hatte ich je wieder was gehört. Okay, wir hatten damals eine Menge Spaß. Aber Freundschaft muss wohl irgendwas anderes sein als das. Glaube ich. Na ja, und irgendwann hörte der Spaß dann ja auch auf.

Ich schlug den Heidegger auf. Gleich war mir wohler. Zwischen den vielen Buchstaben, Worten, komplizierten Überlegungen fühlte ich mich heimisch. Obwohl dieser Typ schon ziemlich seltsames Zeug zusammengefrickelt hatte. Man muss bestimmt was Furchtbares rauchen, um solche Gedanken zu entwickeln. Die ersten Abschnitte überflog ich schnell. Es kamen viele Zitate in einer fremden Schrift drin vor, vermutlich Griechisch, und übersetzt waren sie nicht. Nur so viel wurde mir klar: Die Frage nach dem Sinn von Sein wird heute nicht mehr gestellt. Wie wahr! Ich blätterte noch einmal zurück ganz nach vorn. Erstmals erschienen 1927. Seitdem hatte sich anscheinend nicht viel geändert. Ich vertiefte mich in das Buch, verbiss mich in die scharf gemeißelten altertümlichen Formulierungen, die präzise verschachtelten Sätze, in die in bestechend kühler Logik aufeinander aufbauenden Gedankengänge. Die Behauptung »Wir sind ungefragt ins Dasein geworfen« erhob ich zum Satz des Tages. Wie Recht der Mann hatte. Mich hat auch nie einer gefragt, ob ich existieren will. Es ist halt so gekommen. Selbst meine Mutter hatte keiner gefragt, glaube ich.

SIE I

Draußen war Sommer. So einer, wie wir ihn lange nicht mehr gehabt hatten. Das Einzige, was man davon mitbekam, war die elende Hitze. Immerhin besaß ich jetzt einen Vorhang vor dem Fenster.

Drinnen fing die Schule an. Jenseits der Mauern seien die Ferien um, hieß es, und damit begann bei uns das so genannte »Semester«. Zusammen waren wir fünfzehn und wir wurden von zwei Männern und zwei Frauen unterrichtet. Schule drinnen war letztlich genauso öde wie draußen, fand ich: Auch hier wurde ein bestimmter Stoff in einer bestimmten Zeit durchgekaut und auch hier kam es am Ende doch nur wieder drauf an, möglichst keine eigenen Ideen zu haben, sondern das zu sagen, was die Lehrer als Antwort vorgeplant hatten. Die meisten Kollegen hatten irgendwelche beruflichen Ziele im Blick, strebten eine Ausbildung an oder sonst was, zwei wollten nach der Haft sogar aufs Gymnasium. Ich selbst dachte nicht so sehr an die Zukunft. Na gut. Im Grunde gar nicht. Ich tat es hauptsächlich wegen des Lohns und um etwas Abwechslung zu haben.

Zwei Sachen waren allerdings super. Erstens hatten wir Sport. Nicht, dass ich ein begeisterter Sportsmann wäre, aber so konnte man ein paar überschüssige Energien loswerden und außerdem hinterher duschen. Das war eine Art Luxus, denn als unbeschäftigter Gefangener hatte ich bisher nur montags und donnerstags duschen dürfen. Und da ich mit niemandem Palaver hatte und mit allen halbwegs gut auskam, brauchte ich den Duschraum auch nicht als Richtplatz zu fürchten, an dem diverse Urteile vollzogen wurden.

Zweitens hatten wir Kunstunterricht. Ich freute mich wie bekloppt darauf. Denn für den Kunstunterricht kam eine Lehrerin von einem Gymnasium aus der Nähe und brachte ein paar Schüler mit, die sie gemeinsam mit uns unterrichtete. Pädagogisch und sozial anscheinend total angesagt, so ein Projekt. Jedenfalls sollte dies das erste Mal seit nun einem halben Jahr sein, dass ich ein paar Gleichaltrige traf, die keine Knackis waren. Genauer gesagt: Das erste Mal seitdem, dass ich gleichaltrige Mädchen traf.

Okay, man könnte meinen, es hätte an dieser langen Abstinenz gelegen, dass ich so von den Socken war, als ich SIE sah. Aber so war es nicht. SIE war schlicht die Offenbarung. Ihre Blicke, ihre Gesten, wenn sie sich zu Wort meldete, ihre Stimme, wenn sie sprach: Alles an ihr wirkte nachdenklich. Sie kam mir fast weise vor, das klingt merkwürdig, ich weiß. Und ich fand sie unglaublich sexy. Ihre Augen waren vom grünsten Grün und ihre vollen Lippen schienen gemacht, um die schönsten Gedichte und die schmutzigsten Witze zu erzählen. Ich sah ihre lockigen schwarzen Haare mit der einen roten Strähne in der Stirn, ihren unglaublich weiblichen Körper. Sie war keine von diesen typischen Schönheiten, die man auf der Straße anstarrt. Sie war einfach anders. Irgendwer nannte ihren Namen: Martha.

Und sie sah mich nicht. Ein Kollege, ein gewisser Bernd, saß neben ihr und glotzte abwechselnd in ihren Ausschnitt und auf den Hintern einer Blonden, die vor ihm saß. Mein Platz war am anderen Ende des Raumes. Ich verbrachte die zwei mal fünfundvierzig Minuten an diesem Tag damit, SIE anzuhimmeln. Vermutlich machte ich dabei ein ziemlich blödes Gesicht. Künstlerisch gesehen blieb die Schulstunde eine Nullnummer für mich.

Nachher auf Zelle tigerte ich im Kreis herum, bis mir fast schlecht wurde. Wie kriegt man ein Bild aus seinem Kopf? An was anderes denken? Fehlanzeige. Gar nicht denken? Davon wurde es noch schlimmer.

Irgendwann wollte ich mir einen runterholen, aber es ging nicht. Es erregte mich nicht, an sie zu denken, es machte mich traurig. Weil sie frei war und ich nicht. Weil sie eine umwerfende Frau war und ich ein kleiner Knacki. Weil sie meine Gedanken beherrschte und ich ihr wahrscheinlich nicht einmal aufgefallen war.

Mein Abendessen rührte ich nicht an. Im verlässlichen Rhythmus des Knastlebens stellte Essen beinahe ein Highlight dar, aber an diesem Abend fiel mir wieder ein, was für ein beschissener Fraß das eigentlich war.

Jedenfalls plagte sie mich den Abend über, die ganze Nacht und den nächsten Morgen, bis ich mir in der Pause endlich Bernd schnappen konnte.

»Hör zu«, sagte ich, nahm ihn zur Seite und redete auf ihn ein. Bernd verstand knapp die Hälfte von allem. Langsam setzte ich ihm auseinander: »Vierzig Gramm Tabak und meinen Playboy, wenn du mir im Kunstunterricht deinen Platz neben Martha überlässt.«

Beinahe konnte ich das Räderwerk seines Gehirns rattern hören. Auf seinem Gesicht machte sich ein Grinsen breit.

»Ist das Poster in der Mitte noch drin?«

»Klar.«

»Okay. Den Playboy und achtzig Gramm.«

Ich schlug ein. »Gemacht!«

»Weißt du«, grinste Bernd, »ich find die überhaupt

nicht geil. Ich hätte dir den Platz schon für zwanzig Gramm gegeben.«

»Dumm«, meinte ich. »Ich wär auch auf zweihundert hochgegangen.«

Bernd stieß einen leisen Fluch aus, dann lachte er und fragte: »Was hast du eigentlich davon?«

»Keine Ahnung«, gab ich zu und drehte mir eine Kippe.

Tja, was hatte ich davon? Was konnte ich mir erhoffen? Das war 'ne gute Frage. Scheiß drauf – eine fixe Idee ist immer noch besser als gar nichts. Etwas Heidegger am Nachmittag kann da helfen. Bis in die Nacht hinein knabberte ich an diesem Absatz hier: »Den in seinem Woher und Wohin verhüllten, aber an ihm selbst umso unverhüllter erschlossenen Seinscharakter des Daseins, dieses ›dass es ist‹ nennen wir die Geworfenheit dieses Seienden in sein Da, so zwar, dass es als In-der-Welt-sein das Da ist. Der Ausdruck Geworfenheit soll die Faktizität der Überantwortung andeuten.«

Als es fast eins war, kam es mir plötzlich so vor, als hätte ich ihn verstanden. Das Dasein, das ist der Mensch, das bin ich selbst. Und ich existiere. Das ist eine Tatsache. Es gibt mich, und es gibt mich, und ich kann es nicht ändern. (Haben wir ja gesehen.) Aber woher ich komme und wohin ich gehe, das ist verhüllt. Verhüllt. Kann man es *ent*hüllen? Mich beeindruckte die kühle Präzision, mit der der Typ seine Worte meißelte. Und dann die Geworfenheit. Das ist doch genau die Sache. Ich weiß verflucht noch mal genau, dass ich existiere, aber ich habe es selbst nicht in der Hand. Ich bin überantwortet, ausgeliefert. Genau, er hätte es besser Auslieferung nennen sollen. Ich bin völlig ausgeliefert. Die Welt macht mit mir, was sie will. Sie verliebt mich, sie verlässt mich, sie sperrt mich weg und sie vergisst mich.

Dann kam mir der Gedanke, SIE nächste Woche zu fragen, was sie davon hielt. Hm. Oder sollte ich Martha besser fragen, ob sie mit mir schlafen wollte, wenn ich mal Hafturlaub bekäme? Ich musste doch mal gründlich meine Prioritäten überdenken.

Musik

Ich will ja nicht sagen, dass ich draußen so was wie ein Aufreißertyp gewesen wäre. Aber jedenfalls war es mir nie schwer gefallen, Mädchen anzusprechen, mit ihnen zu flirten, sie für mich zu interessieren. Als ich jetzt neben Martha saß, war ich wieder elf Jahre alt und der Kloß in meinem Hals wog Zentner.

Ich sah sie von der Seite an.

»Ich heiße Tim«, sagte ich.

»Ich nicht«, sagte sie und schaute geradeaus.

»Sondern?«, fragte ich.

»Martha.«

»Hallo, Martha.«

Im richtigen Leben – ich meine auf einer Party oder so –, da wäre ich jetzt einfach gegangen. Aber ich saß ja im Knast und außerdem hatte ich eigentlich Schule. Also blieb ich.

»Du starrst«, sagte sie.

Sag was Cooles, sag was Cooles! »Wirklich? Hab ich nicht gemerkt.« Idiot!

Sie antwortete nicht mehr. Ich hatte es versaut.

»Nun, Tim.« Plötzlich stand diese Lehrerin vor mir. »Wollen Sie denn auch mal anfangen?«

»Brennend gern«, brummte ich und glotzte auf dieses DIN A3-Blatt. Wir hatten den Job eine Ansichtskarte mittendrauf zu kleben und dann mit Wasserfarben was drumherum zu malen. Und zwar so, dass es so aussah, als würde das Motiv der Ansichtskarte auf dem Bild weitergehen. SIE hatte eine Karte mit einem Bergpanorama. Mit feinen Bleistiftstrichen führte sie die Linien der Gebirgskämme auf dem Blatt fort und versuchte dann, eine Farbe zu mischen, die dem Himmel auf der Postkarte möglichst nahe kam.

Auf meinem Papier lag eine Karte mit dem Motiv einer herben Steilküste. Unten brandeten die Wellen des Ozeans gegen den Felsen, oben auf der Klippe blühte ein Meer aus Mohnblumen. Der französische Schriftzug sagte was von *Finistère, Bretagne*.

Ich sah SIE wieder an.

»Wo warst du dieses Jahr im Urlaub?«

»Nirgends.«

»Nicht?«

»Ich hab gejobbt. In 'ner Drogerie. Für sechs Euro die Stunde.«

»Das ist bitter«, fand ich. Dann witzelte ich: »Ich war auch nicht weg.«

Für den Bruchteil einer Sekunde schien sie mich anzusehen. Was für Augen! Und sie gähnte. Ein sehr betontes, sehr gelangweiltes, fast genervtes Gähnen. Das hinreißendste Gähnen meines Lebens.

Bernd glotzte zu mir rüber. Seine Frage von letzter Woche schlich sich in mein inneres Ohr: »Was hast du davon?«

»Was glauben Sie eigentlich, was Sie von meinem Unterricht haben, Tim, wenn Sie komplett die Arbeit verweigern?« Wieder die Lehrerin!

Ich lehnte mich zurück und sah zu ihr nach oben. Sollte ich mich erst verteidigen oder direkt zum Angriff übergehen? Ich entschloss mich für eine sanfte Strategie.

»Ich arbeite«, behauptete ich. »Sehen Sie, ich versuche mir den Fotografen vorzustellen. Der hat sich da eine bestimmte Stelle ausgesucht, aus einem ganz bestimmten Grund. Sicher wollte er auch Kohle machen, mit dem Verkauf des Bildes, ganz klar, aber trotzdem muss ihn was beeindruckt haben. Ich hab keine Ahnung, was er sich dabei gedacht hat oder wie es da drum herum aussieht. Ich bin nie dort gewesen. Das ist ein Ausschnitt der Wirklichkeit, der ganz individuell ist. Ich kann das bloß verfälschen. Warum sollte ich das tun?«

»Schöne Worte können Sie machen«, meinte die Lehrerin. »Aber wir sind hier im Kunstunterricht, nicht in Deutsch oder Philosophie. Und wenn Sie am Ende der Stunde nichts abgeben können, ist das leider ein Ungenügend.«

»Sie haben's wohl nicht mit Deutsch oder Philosophie«, konterte ich. Mist, jetzt war ich doch schon mitten im Angriff. »Werfen Sie mal einen Blick in die Richtlinien, was das Ministerium da zum Thema fächerübergreifender Unterricht sagt.«

Ich hatte es schon wieder getan. Mit derselben Arroganz hatte ich meinen kometenhaften Abstieg vom Gymnasiasten zum Hauptschulabbrecher gemeistert. Irgendwie fand ich es immer wieder geil.

»Ihre Zeit läuft«, brabbelte sie giftig und trollte sich. Meine Zeit läuft! Was für ein Witz!

Plötzlich sah SIE mich an.

»Du hast was vergessen«, behauptete sie.

Ich stutzte. »Was meinst du?«

»In deiner tollen Rede gerade. Du hast was nicht beachtet. Fantasie.«

Ich sah sie nur fragend an. Dabei wunderte ich mich gar nicht so sehr über das, was sie wohl meinen mochte, sondern darüber, dass sie überhaupt mit mir sprach.

»Fantasie?«

»Genau. Oder hast du keine?« Was für Augen! »Dir muss doch irgendwas durch den Kopf gehen, wenn du so ein Bild siehst, Finistère in der Bretagne, das ist eine wirklich romantische Gegend.«

Ich glotzte sie blöde an. Mit so einer Auseinandersetzung hatte ich am allerwenigsten gerechnet. Ich wollte ihr sagen, dass das mit der Fantasie hier drin alles andere als leicht sei, dass sie gut reden habe und dass es sie außerdem einen Dreck anginge, was ich dachte. Aber ich unterdrückte den Reflex. Wahrscheinlich auch, weil sie mich in einer Weise ansah, dass ich mich geradezu ertappt fühlte.

»Jetzt bist du sprachlos, was?«, stellte sie fest. »Du kannst dich zweifellos gut ausdrücken, aber was mit Inhalt zu sagen ist nicht wirklich dein Ding, hab ich Recht?«

So was hatte noch niemals ein Mensch zu mir gesagt, nicht mal einer aus meinem langjährigen Sozialarbeiterkabinett. Und da saß sie nun neben mir, ihr Körper leicht gedreht, ihr Blick unverwandt auf mir ruhend, und wartete auf eine Antwort. Leider fiel mir keine ein. Irgendwann brummte ich: »Ich bin halt nur ein Arschloch.«

Martha lachte und meinte: »Ja, das ist immer eine gute Antwort. Jedenfalls eine einfache. Was für Musik hörst du eigentlich?«

Die Frage überraschte mich und machte mich fast betroffen.

»Keine«, gab ich zu. »Ich hab hier nicht mal 'n abgefuckten Walkman. Ich sing höchstens mal unter der Dusche.«

»Keine Musik?«, wunderte sie sich. »Wie lebt man ohne Musik?«

»Gar nicht«, gab ich zurück. »Hier *lebt* man nicht. Man *ist* ganz einfach.«

»Verstehe«, nickte sie. »Besorg dir mal einen CD-Player, dann brenne ich dir 'ne CD.«

Ich muss gestehen, dass ihre Direktheit mich schon verwirrte, zumal sie am Anfang so kühl gewesen war. Unvermittelt fragte ich sie: »Sag mal, kann ich deine Adresse haben?«

»Wozu?«

»Ich hab Lust, dir zu schreiben.«

Sie kramte einen Zettel raus und kritzelte eine Adresse darauf. Als ich sie las, stutzte ich. Martha erklärte: »Das ist die Anschrift der Schule. Unsere Lehrerin leitet die Briefe weiter.«

»Sie haben euch vorher geimpft, wie ihr euch verhalten sollt, wenn ihr hier seid«, vermutete ich. »So ist es doch. Oder?«

Sie nickte und ich setzte nach: »Tust du immer alles, was man dir sagt?«

Martha lachte. Sie schien zu denken: Klar, darum bin ich ja auch draußen und du bist drin.

Stattdessen sagte sie: »Ach, Tim, du hast ja nicht die Spur einer Ahnung.«

Zum ersten Mal versuchte ich ihren Blick mit derselben Intensität zu erwidern, mit der sie mich ansah.

»Nein«, gab ich zu und ergänzte schnell: »Noch nicht jedenfalls.«

Ein mehrdeutiges Lächeln umspielte ihre vollen, unerträglich erotischen Lippen und dann wandte sie sich wieder ihrem Kunstwerk zu.

Ich steckte den Zettel mit der Adresse der Schule ein und schmachtete sie noch eine ganze Weile an. Martha ließ es unkommentiert.

In den letzten Minuten der Stunde küsste mich dann überraschend die Muse: Fix klebte ich die Postkarte auf das Bild, schickte es mit grauen Pinselstrichen hinter Gittern und skizzierte darum herum flüchtig meine Zellenwand. Zumindest hatte ich mal gelernt, wie man räumlich zeichnet. Weil mir allerdings die Proportionen nicht ganz gelangen, sah das Ergebnis schließlich aus wie ein kleines Fenster am Ende eines langen, schmalen Ganges. Auch gut.

Die Lehrerin war baff. »Nicht gerade nah am Arbeitsauftrag«, fand sie. »Andererseits sehr beeindruckend.«

»Darf ich's behalten?«, fragte ich und vollführte einen wohlgesetzten Dackelblick.

Sie nickte bloß und sagte gar nichts mehr. Ha! Der hatte ich es mal so richtig gegeben.

Der Unterricht war für heute vorbei. Im allgemeinen Taschenpacken und Aufbrechen warf SIE mir ein flüchtiges »Ciao!« zu und verschwand mit den anderen irgendwo in der Freiheit.

Für mich ging es zurück auf Zelle.

Dort empfingen mich die Jungs von Manowar. Ja. Es war wirklich Zeit, mir mal etwas Musik auf die Hütte zu holen. Immerhin hatte ich noch einen Ghettoblaster zu Hause rumstehen, den hätte ich mir schicken lassen können. Die Sache hatte lediglich einen Haken: Ich würde Kontakt zu meiner so genannten Familie aufnehmen müssen. Vielleicht sollte ich mit dem Himmelskomiker ein paar Worte zu diesem Thema wechseln.

Bunker

Damals sehnte ich mich nach Musik, jetzt ist sie ein Fluch.

Du weißt nicht, was wirkliche Stille ist, wenn du noch nie im Bunker warst. Früher dachte ich, es wäre still, wenn ich mal auf einer Wiese saß und keinen Autolärm hörte. Oder wenn ich allein daheim war. Aber da hörst du immer noch den Kühlschrank leise summen und ab und zu das Geräusch der Klospülung von dem Mieter drüber oder so. Hier drin hörst du gar nichts. Schlechthin nichts. Und wenn du nicht weißt, was wirkliche Stille bedeutet, dann hast du keine Ah-

nung, was ein Ohrwurm ist. Klingt nach einer banalen Redensart. Aber mein Ohrwurm ist mindestens so fett wie die Teile in diesem Film mit dem Wüstenplaneten. Er frisst sich durch mein Bewusstsein wie eine Made durch faules Obst. Er frisst sich durch meine Gedanken und singt nur dieses eine Lied. Ich suche und suche im Kopf nach anderen Melodien, aber es gibt keine und gab nie welche und wird nie welche geben. Manchmal springe ich einfach auf und renne im Kreis, manchmal schreie ich irgendwas, manchmal mache ich einen Kopfstand, manchmal lehne ich mich an die Wand, manchmal frage ich mich, ob ich schon tot bin oder bloß verrückt. Und dann stelle ich mir vor, dass ich auf der Terrasse eines schönen Hauses sitze und auf einen See blicke, meine Augen sind kalt und starr und alle stehen um mich herum, und ich höre den Arzt sagen: »Er ist in einer anderen Welt, er bildet sich ein, dass er im Gefängnis ist.« Und dann ruft eine Frauenstimme: »Seht nur, er wacht auf!« Und dann blinzle ich mit den Augen und der Bunker und seine Mauern und seine Stahltüre und seine Kamera lösen sich auf wie eine Simulation auf dem Holodeck der Enterprise und ich wache auf. Und dann sehe ich SIE. Und immer, wenn ich diesen Tagtraum träume, kneife ich die Augen zusammen und warte darauf, dass ich aufwache und auf der Terrasse sitze, denn ich weiß nicht, ob ich wirklich weiß, dass es nur eine Fantasie ist, oder ob es in Wirklichkeit nur Fantasie ist, dass dies hier die Wirklichkeit ist, und dann fängt mein Denken an sich zu drehen, zu drehen wie der Strudel einer Klospülung, und alles, was ich zu wissen oder zu denken glaube, löst sich in ein Nichts auf und ich falle wie tot auf die Matte und denke, jetzt ist mein Kopf leer und ich kann endlich Frieden finden und dann herrscht in meinem Kopf für den Bruchteil einer

Sekunde eine Leere so klar wie Luft auf einem Berggipfel und im selben Moment kommt er wieder, der Ohrwurm, und alles beginnt von vorne. Und immer wieder. Und immer wieder.

SoKo

Per Antrag ließ ich mich also wieder von Bergkämper in sein Büro holen. Wie immer gab's Kekse, Cola und Kippen und Bergkämper eröffnete mit der Frage: »Wie schmeckt Ihnen denn der Heidegger?«

»Krasses Zeug«, meinte ich. »Aber ich versteh's ganz gut.«

»Kompliment.« Der Priester nickte anerkennend. »Hab mir im Studium einige Zähne dran ausgebissen.«

Ich schaute aus seinem Fenster, von dem aus man einen sensationell anderen Hof sehen konnte als von meinem, und genoss diese ungewohnte Abwechslung. Man konnte auf die äußere Mauer blicken. Dort wurde irgendwas saniert, ein Baugerüst stand an der Mauer. Drei Bauarbeiter werkelten darauf herum, wobei ihnen einige Knastkollegen zur Hand hingen. Gefangene, die entweder schon Freigänger waren oder nur noch wenige Wochen abzukacken hatten – jedenfalls Leute, für die eine Flucht purer Unsinn wäre.

»Sie haben mal erwähnt, dass Sie mir einen Fernseher besorgen könnten«, sagte ich schließlich.

»Stimmt. Aber das kann auch Monate dauern. Es gibt eine Art Warteliste.«

»Mir geht's auch gar nicht um den Fernseher«, winkte ich ab. »Wie steht es mit einer Stereoanlage?«

»Haben Sie so was nicht daheim?« Der Typ schien sich echt zu wundern. »Sie könnten sich Ihre eigene hier herein schicken lassen.«

»Klar.« Ich drehte mich um und sah ihn an. »Aber ich hab keinen Bock, mit meiner Familie zu reden.«

»Woran liegt's?«, wollte er wissen.

Na ja, darauf hatte er es eh abgesehen, mich über private Sachen auszuquetschen. Dafür wurde er schließlich bezahlt – oder berufen, keine Ahnung. Jedenfalls brauchte ich ihn.

Ich ließ mich aufs Sofa fallen, er nahm gegenüber Platz.

»Also, da ist meine Mutter«, begann ich. »Die arbeitet als Putze in einem Altenheim. Mein Vater ist schon ewig über alle Berge, da war ich noch im Kindergarten. Irgendwann hat sie sich einen anderen Typen ins Haus geholt, der ordentlich auf Schicht geht und die Kohle ranschleppt. Kurt. Der kam nicht allein, sondern hat eine Tochter mitgebracht, Lucy, die ist jetzt dreizehn. Für meine Mutter ein perfektes Familienglück.«

Der Pfaffe hörte aufmerksam zu. Sein Interesse war möglicherweise nicht gespielt.

»Was stört Sie daran?«, wollte er wissen. »Haben Sie zu Ihrem Stiefvater und dessen Tochter ein schlechtes Verhältnis?«

Ich wiegte unschlüssig den Kopf hin und her. »Die beiden waren immer ausgesprochen nett zu mir«, sagte ich zögernd. »Aber ich kann es nicht haben, wenn sich einer bei mir einschleimt.«

Ich drehte mir eine neue Kippe. Bergkämper gab mir Feuer und fragte: »Was ist mit Ihrer Mutter?«

»Die hasst mich«, antwortete ich. »Hat mich immer gehasst, seit mein Alter durchgebrannt ist, und hasst mich noch mehr, seit Kurt und Lucy bei uns sind. Da stör ich nur. Außerdem bin ich eh ein Riesenarschloch. War immer so.«

»Zumindest gefallen Sie sich in dieser Rolle«, meinte der Priester und zog die Augenbrauen hoch. Dann machte er sich auch eine Zigarette an.

»Mit wem von den dreien würden Sie am ehesten reden?«, wollte er wissen.

Ich lachte. Was für eine bescheuerte Frage. Na gut, ich überlegte.

»Mit Lucy«, entschied ich schließlich.

Bergkämper zeigte mit dem Daumen über seine Schulter hinweg auf seinen Schreibtisch.

»Da steht ein Telefon.«

»Seh ich.« Wollte der etwa, dass ich jetzt gleich anrief? Es musste so gegen halb fünf sein. Wenigstens wäre meine Mutter nicht da. Kurt war entweder auf Schicht oder im Bett. Die Chancen standen gut, Lucy zu erreichen.

»Ich probier's«, sagte ich entschlossen und stand auf.

»Null vorwählen.« Der Priester erhob sich ebenfalls, wies mit einer einladenden Geste auf den Schreibtischstuhl und verließ dann das Büro. Im Ernst! Die Türe blieb zwar auf, aber er wanderte draußen auf dem Gang rum und ich war ganz allein in seinem Büro. Ich ging zum Schreibtisch und sah aus dem Fenster. Es war unvergittert. Das Büro lag im ersten Stock. Die hundert Meter bis zur Mauer und die Leiter an dem Gerüst hoch könnte ich auch mit verstauchten Knöcheln noch schaffen. Den Bauarbeiter wollte ich sehen, der versuchen würde mich aufzuhalten! Von den Kollegen gar nicht zu reden.

Ich verwarf den verrückten Gedanken so schnell, wie er gekommen war, und setzte mich an den Schreibtisch. Als ich den Hörer abhob, die Null wählte und das Freizeichen hörte, startete mein Herz durch. Der Puls raste und meine Handflächen wurden kalt. Eisiger Schweiß brach mir aus.

Idiot, schimpfte ich mit mir. Da hatte ich Said die Stirn geboten und jetzt machte ich mir in die Hose, nur weil ich daheim anrufen sollte. Ich holte tief Luft und wählte die Nummer. Zwischen jedem Tut-Ton vergingen ganze Äonen. Dann nahm jemand ab.

»Hier ist Lucy Ziller bei Landberg und Ziller. Hey, wer ist denn da? Hallo!«

Ich musste was sagen.

»Lucy . . .«

»Tim? Tim! Mensch, du bist es.«

»Ja, richtig.« Ich wollte versuchen sie zu beruhigen. »Bin ja nicht seit zwanzig Jahren in Australien. Wie geht's dir?«

»Wie geht's denn dir?«, wollte sie wissen. »Mir geht's gut. Warum schreibst du nie? Warum willst du nicht, dass wir dich besuchen? Warum rufst du nie an?«

Immer nur Vorwürfe. »Jetzt ruf ich ja an. Mir geht's hier eigentlich nicht schlecht. Halt den Umständen entsprechend. Du, hör mal, ich brauch deine Hilfe. Kannst du meinen alten Ghetto in ein Paket stecken und herschicken?«

74

»Ha!«, machte sie. »Dafür bin ich wohl gut genug. Okay, ich schlag dir was vor. Du lässt mich zu Besuch kommen und dafür kriegst du deinen Ghetto.«

»Was willst du denn hier?«, entgegnete ich. »Das hier ist nichts für Kinder, glaub mir. Außerdem – warum willst du mich sehen? Ich bin eh nur ein Arschloch.«

»Stimmt genau.« Lucy lachte. »Und ich mag dich halt.«

Ich erwiderte barsch: »Du magst mich, weil du denkst, dass meine Mutter das so will. Aber das kannst du dir sparen.«

»Fang nicht wieder mit dem Scheiß an«, schimpfte sie. »Außerdem bin ich dreizehn und kein Kind mehr. Ich komme.« Sie klang reifer, als ich sie in Erinnerung hatte. Dabei waren erst ein paar lächerliche Monate vergangen.

»Na meinetwegen«, seufzte ich. »Besorg dir einen Termin. Und dann schickst du mir den Ghetto. Mitbringen darfst du nämlich nichts.«

»Darf ich Papa und Mama denn wenigstens schöne Grüße ausrichten?«

Betont antwortete ich: »Du darfst deinem Vater und meiner Mutter schöne Grüße ausrichten.«

»Wie gut, dass du schon erwähnt hast, was für ein Arschloch du bist«, kommentierte Lucy. »Ich freu mich auf dich. Bis bald.«

Ich legte auf und starrte auf die offene Bürotüre. Hatte das arme Kind einen Großer-Bruder-Komplex, falls es so was gibt? Ich verstand das nicht.

Bergkämper tauchte im Türrahmen auf. »Und?«

»Nichts ›und‹. Ich krieg Besuch.«

Er öffnete einen Schrank. »Kann ich sonst noch was für Sie tun?«

»Für heute nicht«, sagte ich. »Demnächst will ich mit Ihnen ein bisschen über *Sein und Zeit* philosophieren.«

»Aber immer«, antwortete er und entnahm dem Schrank ein Päckchen Tabak, das er mir in die Hand drückte.

»Für Sie«, erklärte er. »Ich habe einen Etat, um meinen Schäfchen dann und wann mal was Gutes zu tun. Wollen wir?«

Er schnappte sich den Knochen und brachte mich mit dem alten Aufschließ-Abschließ-Spiel durch sämtliche Türen zurück auf Zelle.

Dort hing seit gestern mein Acht-Minuten-Meisterwerk aus dem Kunstunterricht an der Wand. Ich sollte mal ein Buch schreiben: *Wie deprimiert man sich am geschicktesten selbst.* In seiner Trostlosigkeit war das Bild kaum zu übertreffen. Bretagne. Je länger ich es ansah, desto größer wurde mein Wunsch, eines sehr fernen Tages dort hinzufahren. Mit der Bahn dann wohl, denn einen Führerschein würde mir ja in diesem Leben kein vernünftiger Mensch mehr geben. Vielleicht hing das Bild auch bloß deshalb da, weil ich SIE damit verband.

SIE beherrschte nach wie vor meine Gedanken. Ich hatte ja auch kaum Zerstreuung, denn die Schule war schon nach kurzer Zeit ätzend langweilig geworden. Manche Dinge ändern sich eben nie. Interessant wurde mein Leben erst wieder, als Al-Hakka mich Anfang der folgenden Woche während der Freistunde zur Seite nahm, seinen Blick kurz über den Hof schweifen ließ und mir dann blitzschnell etwas zusteckte. Aus Reflex ließ ich es sofort in der Hosentasche verschwinden und befühlte es dann erst. Zwei kleine Stückchen von irgendetwas, das sich wie morsches Holz anfühlte, in feuchtes Gummi verpackt. Anscheinend ein Kondom.

Al-Hakka machte ein auffallend unauffälliges Gesicht und erklärte mir: »Ein Piece. Hat Jussuf draußen für zehn gekriegt, hier drin ist es mindestens fünfzig wert.«

»Was soll ich damit?« Ein ungutes Gefühl stieg in mir hoch.

»Jussuf hat das Zeug vom Hafturlaub mitgebracht. Aber irgendeiner hat ihn verzinkt. Jetzt wird die SoKo seine Hütte auseinander nehmen. Und danach meine und die von den anderen Libanesen. Bei dir ist es sicher, da kommt keiner drauf.«

»Was zur Hölle ist die SoKo?« *Ungut* war gar kein Ausdruck für mein Gefühl!

»So ein Trupp aus der Zentrale«, erklärte der große Araber. »Die halten sich ständig bereit, falls es Zwischenfälle gibt, Prügelei, Fluchtversuch oder so. Die sind auch für Zellendurchsuchungen da. Die haben Übung und finden alles.«

»Toll, und diese Zeitbombe soll ich jetzt in meiner Zelle aufbewahren?«

»Genau.« Al-Hakka lächelte aufmunternd. »Nur bis übermorgen. Okay?«

»Moment.« Ich hielt ihn zurück. »Noch eine Frage. Wie hat Jussuf das Zeug überhaupt hier hereingebracht?«

»Da drin.« Al-Hakka legte grinsend seine Hand auf den Bauch.

Ich verdrehte die Augen. Meine Fracht war also nicht nur gefährlich, sondern auch schon einmal heruntergeschluckt und ausgeschissen worden. Super!

»Ich zähl auf dich.« Damit ließ er mich stehen.

Und schon schob sich Bodo Ingels kahler Schädel in mein Blickfeld.

»Na, du Kanakenfreund«, grüßte er mich. »Lange nicht gesehen.«

Das stimmte. Ich hatte zuletzt immer seltener Umschluss mit Bodo und seinen Kumpels gemacht. Hin und wieder hing ich bei meinem Mitschüler Bernd rum, weil der coole Zeitungen hatte und meistens das Maul hielt, während ich sie las. Ansonsten war ich immer öfter am liebsten allein und träumte von Martha.

»Na, Nazi«, grüßte ich zurück und bereute den Satz sofort. Meine große Klappe würde mich nicht nur eines Tages aufs Sozialamt, sondern gleich ins Grab bringen.

»Was dagegen?«, fragte er mit drohender Stimme.

Ich brummte schulterzuckend: »Ist doch ein freies Land. Jedenfalls auf der anderen Seite der Mauer da. Denk halt, was du willst.«

»Und du pass auf, mit wem du dich abgibst«, erwiderte Bodo scharf. »Keine Ahnung, was du da eben mit dem Kanaken getauscht hast. Aber ich hab dir schon mal gesagt, dass du keinem trauen darfst.«

An diesem Tag war ich froh, als ich wieder auf Zelle kam. Nach der Schule suchte ich ein geeignetes Versteck für den Präser und seinen brisanten Inhalt. Mir fiel keins ein. Dafür hatte ich viel zu wenig Kram auf meiner Hütte. Außerdem blieb keine Zeit zum Nachdenken, denn plötzlich wurde die Türe entriegelt. Matschulla stand da und sah mich streng an.

»Herr Landberg, es gibt einen ernst zu nehmenden Hinweis, dass Sie illegale Betäubungsmittel in Ihrer Zelle verwahren.«

Ich sah ihn so überrascht wie möglich an, aber es hatte keinen Zweck.

Der Grüne schlug vor: »Rücken Sie's raus, sagen Sie mir, wo Sie's her haben, und ich lege ein gutes Wort für Sie beim Chef ein. Mit einem Gelben und vier Wochen Popshop wären Sie die Affäre los.«

»Keine Ahnung, was Sie überhaupt meinen, Herr Matschulla.«

»Dann tut's mir Leid für Sie«, sagte der Grüne. Er zückte sein Funkgerät und sagte etwas hinein, was nach SoKo klang. Binnen Minuten tauchten haufenweise Grüne auf. Zwei packten mich, zogen mich aus der Zelle und filzten meine Klamotten und alle möglichen und unmöglichen Stellen meines Körpers. Die anderen fuhren in meine Hütte wie die Reiter der Apokalypse. Das alles passierte so schnell, dass ich kaum kapierte, was abging. Die SoKo riss meine Poster und mein Bild von der Wand, einer kippte den Mülleimer um und verstreute den Unrat über den Boden, zwei durchsuchten das Bett und beglotzten jeden Quadratmillimeter der Matratze, während noch einer die Glühbirne aus der Lampe schraubte und in der Fassung nachsah. Dann kam das Klo an die Reihe. Der Deckel wurde vom Spülkasten gerissen, die Schüssel wurde untersucht, bis zur Schulter streckte einer seinen Arm ins Rohr und das Klowasser spritzte nach allen Seiten. Sie schraubten den

Abfluss des Waschbeckens auf, sahen im Siphon nach und gruben noch an etlichen anderen undenkbaren Stellen.

Dann meldete einer: »Da ist nichts.« Damit verschwand die SoKo so plötzlich, wie sie aufgekreuzt war.

Matschulla sagte: »Nichts für ungut, Herr Landberg. Jedenfalls haben Sie uns entweder sehr geschickt reingelegt oder irgendjemand will Ihnen was. Schönen Abend.«

Die Tür fiel zu und wurde krachend verriegelt.

Ich fiel auch und zwar zu Boden, wo ich dann in den Trümmern meiner Behausung saß. Die Ruhe nach dem Sturmtrupp.

Seltsam. Erst angesichts dieser Verwüstung wurde mir klar, dass die Zelle echt eine Art Zuhause für mich geworden war. Jetzt sah meine Hütte aus wie eine Müllkippe. Und der Hintern tat mir weh vom Filzen. So was war mir noch nie passiert.

Meine Wut über die Willkür und die unwürdige Behandlung durch die Grünen machte aber bald einer ernüchternden Erkenntnis Platz: Entweder Al-Hakka hatte mich in eine Falle gelockt oder Bodo Ingel musste mich verzinkt haben. Wie dem auch sei: Ich durfte niemandem trauen, wie Bodo gesagt hatte. Wirklich niemandem. Und das galt auch für Bodo selbst.

Immerhin – und keine Ahnung, woher der Geistesblitz kam – hatte ich das Piece schon in meinen Mund geschoben, als ich den Knochen im Schloss meiner Zellentüre gehört hatte. Das Schlucken war mir kaum schwer gefallen und nun musste ich warten, bis die heiße Ware zum zweiten Mal den biologischen Weg alles Irdischen genommen haben würde. Glück gehabt.

Eins hielt meine innere Fahne hoch: Morgen war Dienstag, der Tag, an dem ich SIE wiedersehen würde.

Besuch

Ich hatte ihr nicht geschrieben. Bei Natalie waren in der Regel drei Versuche nötig gewesen für einen Brief, der weder zu schnulzig noch zu kühl, weder zu zynisch noch zu selbstmitleidig klang. Was SIE betraf: Nach rund fünfzehn Anläufen hatte ich es aufgegeben. Keine Worte können ausdrücken, was ich dir sagen will, dachte ich, als ich sie am Dienstag traf. Aber ich sagte es nicht. Erstens wäre die Aussage dann nämlich ein Widerspruch zu sich selbst, zweitens hätte ich mit so einem beknackten Statement sofort verloren bei ihr.

Ich war ohnehin nicht auf ein Gespräch mit ihr aus. Und das war die Schuld von Nico, der mich letzte Nacht wieder beehrt hatte. Nico schaute von Zeit zu Zeit in meinen Träumen vorbei, mal um mich anzuklagen, mal um sich lustig zu machen. In der Regel vermiesten mir Nicos nächtliche Besuche auch den darauf folgenden Tag.

Also hockte ich schweigend neben Martha. Ein knappes »Hallo«, weiter nichts. Sie war noch tausendmal schöner, sinnlicher, erotischer, als ich sie die ganze endlose Woche (sieben Tage, einhundertachtundsechzig Stunden, zehntausendundachtzig Minuten, sechshundertviertausendundachthundert Sekunden) in Erinnerung hatte. Und ich blöder Hirnidiot wusste nicht das Geringste zu sagen.

Dafür meldete SIE sich nach einer Weile: »Du hast mir nicht geschrieben.«

»Du hast also drauf gewartet«, schloss ich daraus.

»Ich hatte damit gerechnet«, verbesserte sie.

Ich musste lächeln. »Verstehe.«

»Kennst du Heidegger?«, fragte ich.

»Nein. Ich weiß bloß, dass er ziemlich bekifftes Zeug geschrieben haben soll.«

»Hast du selbst schon mal gekifft?«

»Machst du so was wie ein Verhör oder 'ne Umfrage?«

Und so weiter. Um es kurz zu sagen: Unser Gespräch an diesem Tag verlief so richtig scheiße.

Nach neunzig Minuten entschwand sie meiner Welt. Bis nächste Woche.

»Ich schreib dir heute Abend!«, rief ich ihr nach.

Martha winkte ab.

»Ich schreib dir auch morgen Abend! Ich schreib dir jeden Abend!«

Fort war sie. Aber immerhin hatte ich mich in letzter Sekunde noch flugs zum Affen gemacht. Bravo, Herr Landberg!

»Gehen wir, Herr Landberg.«

Der Grüne, der hinter mir stand, klimperte mit dem Knochen. Wir wurden auf unsere Hafthäuser und Zellenblöcke sortiert. Vor der Zellentür fing mich Matschulla ab. »Ah, Herr Landberg. Donnerstag ist Besuchstag.«

»Weiß ich.«

»Donnerstag ist Besuchstag für Sie«, verdeutlichte er und strahlte dabei von einem Schnauzbartzipfel zum anderen, als hätte er mir meine Freilassung verkündet.

Lucy hatte es also geschafft. Mein Herz machte einen Sprung. Aber nur einen ganz kleinen, natürlich.

Zwischen heute und Donnerstag lag noch der Mittwoch. Das war der Tag, an dem Al-Hakka sein Zeug von mir zurückerwartete. Schon Dienstagabend hielt ich es wieder in Händen, wusch das Päckchen sauber und steckte es in meine Hosentasche. Dort blieb es, bis ich den Libanesen in der Freistunde traf. Als wir uns lässig die Hand gaben, war die Sache über die Bühne.

»Danke, Mann.« Al-Hakka wollte mir auf die Schulter klopfen. Ich griff hart nach seinem Arm und zischte: »Die scheiß SoKo hat meine Hütte zerlegt wie eine Forelle auf dem Silberteller! Mein Schließer hat was gelabert, einer hätte es auf mich abgesehen.« Ich zog den Araber näher an mich heran. »Wer zum Teufel hat mich verzinkt?«

Mich glotzte das dämlichste Gesicht des ganzen Vorderen Orients an. »Keine Ahnung, Mann«, sagte Al-Hakka. Der Kerl war eine Kampfmaschine erster Güte, aber strohdoof und grundehrlich. Ich glaubte ihm und ließ seinen Arm los.

»Ich kann schwören«, beteuerte er. »Bei Allah.«

»Nicht nötig«, brummte ich und drehte mir eine Kippe. »Dein Wort genügt mir. Aber was soll die Scheiße, Al-Hakka? Wer will mich fertig machen?«

Sein Blick schweifte über den Hof und blieb an Bodo

Ingel hängen, der mit Jablonski in ein Gespräch vertieft war. Al-Hakka nickte leicht mit dem Kopf in ihre Richtung. Dann gab er mir Feuer.

Ich sog lang und tief an der Zigarette. »Bodo?«

»Bodo.«

»Vielleicht hast du Recht. Jedenfalls hat er uns beobachtet.«

»Stimmt«, sagte Al-Hakka zu meinem Erstaunen. Er grinste. »Said hat mitgekriegt, dass die Glatze uns gesehen hat. Ich weiß immer alles. Wenn du was mit dem zu klären hast, dann tu es. Wenn du willst, dass ich das für dich kläre, komm zu mir. Aber nur wenn du sicher bist. Wirklich sicher, Mann.« Er senkte die Stimme und kam mit seinem Kopf ganz nah an mein Ohr, als er weitersprach: »Denn wenn ich das mit der Glatze kläre, dann gibt es keine Möglichkeit, die Sache rückgängig zu machen. Verstehst du?«

Nicht ganz. Aber ich besaß eine rege Fantasie, was das betraf, vor allem seit ich damals den Schrei Metin Frkans aus der Dusche gehört hatte. Ich nickte.

»Noch mal danke, Mann.« Al-Hakka ließ mich stehen.

Ich zog an der Kippe, warf sie weg und schlenderte zu den beiden hinüber.

»Hi, Bodo«, grüßte ich, »Jablonski, alles klar?«

»Bestens«, antwortete Jablonski.

Bodo musterte mich von Kopf bis Fuß und wieder zurück, bevor er lauernd fragte: »Hast Ärger gehabt, hört man.«

»Wo hört man so was?«

»Hört man halt«, sagte Jablonski an seiner Stelle. Der

schmierige Kerl mit seinem bescheuerten Oberlippen-
bärtchen grinste mich an.

Bodo meinte ernst: »Schlechte Zeiten für Kanaken-
freunde.« Dann legte er plötzlich einen Arm um meine
Schulter und sagte: »Ich weiß ja, wie das hier drin ist.
So viele Leute, so viele Gruppen. Verdammt schwer, immer zu wissen, wo man hingehört. Manchmal bekommt
man aber 'ne zweite Chance.«

»Wenn du die Araber meinst«, sagte ich. »Ich muss
halt aufpassen, dass mich von denen keiner mehr ab-
zieht, deshalb rede ich manchmal mit dem Oberkana-
ken. Natürlich gehör ich zu euch. Keine Ahnung, was du
mit zweiter Chance meinst.«

»Vergiss es«, sagte Bodo und erteilte mir einen seiner
krachenden Schulterklopfer. Anscheinend war ich reha-
bilitiert.

Sehr viel später, wenn ich mal wieder draußen sein würde, könnte ich bestimmt Bundesaußenminister werden,
bei diesem diplomatischen Geschick. Okay, man kann
mich auch einen miesen Opportunisten nennen, einen
Schleimer oder Arschkriecher. Aber dann würde es auch
noch zum Generalsekretär einer der beiden Volkspar-
teien reichen.

Bis auf weiteres lag meine politische Karriere allerdings auf Eis, denn am morgigen Nachmittag wartete
eine wesentlich größere Herausforderung auf mich. Das
Wiedersehen mit Lucy. Zugleich meine Premiere im Besucherraum.

Die halbe Erdbevölkerung tummelte sich in einem
stickigen Raum mit zwanzig kleinen Tischen, nikotingel-

ben Decken, Wänden und Fenstervorhängen, dazwischen wuselten die Grünen rum, guckten auf die Zeit und auf die Hände aller Anwesenden. Ständig klickerte Geld durch den Getränke-, den Zigaretten- oder den Schokoriegelautomaten, denn nicht mal einen Keks darf man von draußen mitbringen, nur ein paar Münzen, und die dürfen ausschließlich in diese drei Automaten.

In all das trat nun Lucy, die kleine, lebenslustige, immer optimistische Lucy. Mein Gott, wie hübsch sie geworden war. (Nicht, dass ich schon seit zehn Jahren im Knast gesessen hätte, aber es fiel mir eben erst heute auf.) Hinterdrein schlurfte Kurt. War ja eigentlich klar gewesen, dass sie Lucy nicht allein herlassen würden. Meine Mutter, die blöde Kuh, drückte sich also.

Lucy fiel mir trotz des dichten Gedränges um den Hals und löste sich erst nach dem scharfen Anpfiff eines Grünen von mir. Kurt drückte mir die Hand, seine Augen umarmten und knutschten mich. Der Typ schien sich zu freuen mich zu sehen. Lucy drückte eine Träne weg und hielt mir einen Schokoriegel hin.

»Aus dem Automaten«, sagte sie. »Ich hab 'n Kuchen gebacken, aber den durfte ich nicht mit reinbringen, haben die gesagt.«

»Mist, ich hab mich so darauf verlassen, dass du 'ne Feile reinschmuggelst«, witzelte ich. Lucy lächelte schwach.

»Hier ist's ziemlich scheiße«, fand sie.

»Du wolltest ja nicht hören«, schimpfte ich gespielt. »Aber mach dir nichts draus. Hier ist es nicht überall so wie im Besucherraum. In meiner Zelle ist himmlische

Ruhe. Da kann man sich richtig entspannen.« Haha, wie lustig! Wollte ich sie aufmuntern oder mich?

Lucy lachte jedenfalls. »Du redest noch denselben Unsinn zusammen wie immer«, attestierte sie mir.

Ich nahm das als Lob und wie zur Bestätigung witzelte ich: »Trotz des großen Andrangs ist es mir gelungen, einen Tisch zu reservieren.«

Wir hockten uns auf die Siegermodelle des Wettbewerbes *Garantiert unbequemster Stuhl der frühen achtziger Jahre* und blickten einander an.

Kurt schob wohl diese Woche Nachtschicht, so sah er jedenfalls aus. Und er machte eine sorgenvolle Miene.

»Hey, Kurt«, rief ich. »Wie geht's meiner Mutter?« Sein Schweigen nervte mich.

»Schlecht«, antwortete Kurt. »Sie leidet sehr unter . . .« Er suchte nach Worten. »Unter dieser Situation.«

»Muss hart für sie sein«, kommentierte ich. War sarkastisch gemeint, merkte aber niemand, denn Lucy und ihr Vater nickten bloß.

Lucy fasste meine Hand und sagte: »Mama hat Angst, du willst sie nicht sehen. Sie möchte, dass du ihr sagst, sie soll kommen.«

»Das geht nicht«, erwiderte ich und zog die Hand weg. »Dass wir uns anfassen, meine ich. Du könntest mir ja Drogen zustecken.« Ich schmunzelte über Lucys Stirnrunzeln und mehr noch über den fragenden Blick, den Kurt ihr zuwarf.

»Meinetwegen kann sie kommen und den missratenen Sohn besuchen, der ihr das Leben zur Hölle macht«, brummte ich.

»Ach hör doch auf«, knurrte Kurt.

Lucy schimpfte: »Mama ist nicht so, wie du sie immer darstellst.«

Vor allem ist sie nicht deine Mama, hätte ich fast gesagt. Aber wozu? Ich sah sie an. Sie mochte mich. Martha mochte mich wohl auch. Auch Natalie muss mich wohl irgendwie gemocht haben. Aber Lucy – bei ihr war es noch mehr, sie mochte mich nicht nur, sie hatte mich ertragen, erduldet, nicht aufgegeben. Seltsam.

Um nicht sentimental zu werden, sagte ich schnell: »Was macht die Arbeit, Kurt, alles im Lot?«

»Kann nicht klagen«, gab Kurt zu Protokoll. Das Gespräch drohte zäh zu werden. Auch Lucy hätte sich wohl besser mit mir unterhalten können, wäre er nicht dabei gewesen.

»Was gibt's sonst Neues?«, fragte ich. »Post für mich? Anrufe? Geldgeschenke?«

Lucy schüttelte den Kopf.

Obwohl ich die Frage bloß gestellt hatte, um überhaupt irgendetwas zu sagen, hakte ich jetzt doch nach: »Es hat niemand nach mir gefragt?«

»Natalie einmal«, gab Lucy zu. »Das ist 'ne Weile her. Na ja, und Nicos Mutter.«

Dabei biss sie sich auf die Lippe, als hätte sie zu viel verraten. Ich fragte nicht weiter.

»Jetzt erzähl doch mal, wie ist es denn hier drin?«, drängte Lucy.

Tja. Was sollte ich erzählen? Etwa, dass ich einen amtlich beglaubigten Suizidversuch, eine Schlägerei, zwei Wochen Arrest, den Schmuggel illegaler Betäubungsmittel (sprich: Drogen) und zwei Drittel des Buches *Sein und Zeit* hinter mir hatte? Na also.

Schließlich gab ich preis: »Das Essen ist richtig scheiße. Vor allem freitags, da gibt es immer Wikingerrisotto, das ist eine Pampe aus Reis und Fischresten.«

»Wie sind die Kollegen?«, wollte Kurt wissen.

»Tu ich denen nichts, tun die mir auch nichts«, legte ich ihm dar. Das bedeutete alles und nichts. Kurt reichte die Antwort. Er sah wiederholt auf die Uhr. Also rasch zum geschäftlichen Teil.

»Um noch mal über meinen Ghettoblaster zu sprechen.« Ich wandte mich an Lucy. »Steck ihn in ein Paket und schick ihn her. Das wär echt nett.«

»Machen wir«, versicherte Kurt an ihrer Stelle. »Wenn du sonst noch was brauchst . . .«

»Ich komm klar.«

Er sah wieder auf die Uhr.

Lucy fragte mich noch nach allem Möglichen aus und erzählte von zu Hause, von ihrem beknackten Meerschwein mit nur drei Beinen, von ihrer Schule, wo sie in einem Theaterstück mitspielte, von einem (wahrscheinlich pickeligen und unsensiblen) Achtklässler, der ja so süß sei und am Wochenende mit ihr ins Kino ginge. Ich hörte zu, Kurt observierte den Sekundenzeiger seiner Armbanduhr. Zwischendurch kam es mir vor, als hörte ich Lucys Stimme zum ersten Mal. Worüber sie sprach, war mir völlig fremd geworden. Ein Stück von der Welt draußen. Dass es so was überhaupt noch gab.

Fast war ich froh, als die beiden sich verabschiedeten.

Am Abend dann herrschte reges Kommen und Gehen auf meiner Hütte. So etwa von acht bis zehn war SIE in meinen Gedanken bei mir. Ich schrieb drei Seiten, diesmal ohne jede Anlaufschwierigkeiten, erzählte ihr was von Heidegger, fragte sie nach ihren Hobbys, ihrer Familie und vergaß auch nicht einen launigen Gruß an die Vollzugsbeamten, die den Brief zu kontrollieren hatten.

Als sie fort war, schlief ich ein und traf Nico wieder. Schon die zweite Nacht in Folge, dass er mich nervte. Er hing einfach da auf seinem Sitz und glotzte mich an, mit seinen blöden glasigen Augen und seinem dämlich leeren Blick. So wie er da neben mir gehangen hatte, ganze fünf Minuten lang, in denen mir alles klar geworden war und in denen sich das Bild und die Tatsache und die Unumstößlichkeit dieser Tatsache (Faktizität würde wohl Heidegger sagen) für immer auf meine Festplatte einbrannte. Von dort konnte sich das Bild jederzeit selbst aktivieren und ausführen, sooft ich auch versucht hatte alles neu zu formatieren.

Nico ließ mich, es muss so gegen zwei gewesen sein, in einem Dämmern zwischen Wachen und Schlafen zurück, wo sich Lucy zu mir gesellte mit ihrem Meerschwein. Ich bin mir nicht sicher, aber ich meine mich zu erinnern, dass meine Mutter später noch kam und uns die Bettdecke aufschüttelte. Aber ich kann mich irren.

Bunker

Lucy kommt auch jetzt im Bunker zu mir und manchmal bringt sie ihr Meerschwein mit. Immer dann, wenn SIE nicht bei mir ist. Das sind so zirka vier bis fünf Minuten am Tag. Seltsamerweise bin ich in diesen Minuten völlig schmerzfrei.

Vielleicht, weil ich weiß, dass ich zu Lucy jederzeit zurück kann, egal, wie lang ich noch sitze.

Apropos drin. Ich glaube, ich hänge jetzt seit vier Tagen hier im Loch und gebe meine Peepshow rund um die Uhr. Noch drei Tage, dann müsste sich der Dachdecker mal bei mir sehen lassen und ein paar Psychospiele mit mir ausprobieren. Im Kopf gehe ich alle möglichen Fragen durch, die er mir stellen könnte, und die verschiedenen Antworten, die er vermutlich würde hören wollen. Mich darauf zu konzentrieren fällt wirklich schwer, denn meine Überlegungen überschneiden sich immer wieder mit der Frage, warum zur Hölle ich überhaupt zurückgekommen bin. Und mit den Worten, die SIE gesagt hat: »Nicht wenn du mich liebst, sondern wenn du dich liebst, dann gehst du zurück.« Und dazu wie schon erwähnt dieser Ohrwurm. Der schlich sich ganz harmlos bei mir ein. In dem Paket, das Lucy mir schickte.

Hosen

Donnerstags hatte ich Martha geschrieben und schon am Montag erhielt ich ihre Antwort. Das war schnell. Sie machte sich ein bisschen über Heidegger lustig. Ob das denn alles sei, was ich zum Sinn des Lebens zu sagen hätte. Das seien schon schlaue Gedanken, fand sie, aber mit dem wirklichen Leben, mit Lachen, Weinen, Lieben und Hassen habe das alles nichts zu tun. (Interessant, wie Martha »wirkliches Leben« zu definieren schien.) Auch von ihren Hobbys schrieb sie mir: Sie spielte Cello in einer Rockband (ungewöhnlich, fand ich) und Fußball in einer gemischten Spaßmannschaft (genauso ungewöhnlich). Außerdem kellnerte sie an zwei Abenden in der Woche in einer Kneipe. Zwischen den Zeilen stand außerdem die Frage, was man denn tun müsse, um so eine Strafe zu bekommen wie ich. Seit Jablonski mich damals danach gefragt hatte, war es das erste Mal, dass jemand was über meine Delikte wissen wollte.

Ich kramte ein Blatt Papier hervor und schrieb ihr zurück. In meinem ersten Brief hatte ich sie mit »Hallo, Martha« angeredet, sie hatte mit »Lieber Tim« begonnen. Ich wählte nun die Anrede »Liebste Martha«. Das gefiel mir, es klang etwas altertümlich, zugleich aber auch herzlich. Dann ging ich auf ihre Heidegger-Kritik ein: »Die tolle Idee von Heidegger ist doch, dass ein Schlüssel zur Frage nach dem Sinn des Lebens vielleicht im Nichts liegt. Das Nichts enthüllt die Nichtigkeit, die das Dasein in seinem Grunde bestimmt, sagt Heidegger. Eigentlich machen wir uns die ganzen Sorgen um den Sinn des Lebens nur, weil wir Angst vor dem Tod haben.« Und so weiter.

Ganz am Ende wollte ich noch was über den Grund schreiben, warum ich eigentlich saß, aber das Blatt war schon voll.

Gut, dass ich ihr schon montags geschrieben hatte, denn am Dienstag, im Kunstunterricht, wurden wir die ganze Zeit von der Lehrerin observiert, so dass kein vernünftiges Gespräch zustande kam. Dafür geschah etwas viel Besseres: Martha schob mir einen Zettel mit ihrer privaten Adresse zu! Oh ja, sie musste mich mögen.

Umso härter traf mich donnerstags ihre Antwort auf

meinen Brief vom Montag: »Martin Heidegger ist fast dreißig Jahre tot und du versteckst dich hinter seiner Leiche. Ich würde gerne den Tim dahinter kennen lernen, wenn es den überhaupt gibt! Glaubst du denn nicht, dass es eine Kraft gibt, die das Nichts und den Tod überwinden kann und nicht zuletzt deshalb der Sinn des Lebens ist?« Das Blatt war zu Ende. Ich drehte es um, aber auf der Rückseite gab es keine Fortsetzung. Martha ließ mich mit der Frage allein. Noch nie hatte mich ein Mensch so neugierig gemacht.

In dieser Zeit schrieben wir uns fast täglich. Draußen war ein unglaublich warmer Spätsommer, drinnen grübelte ich mir die Birne heiß.

Dann kam mein Paket. Mein guter alter Ghettoblaster! Ich hob ihn ganz vorsichtig aus der Packung und hätte ihn am liebsten fest an mich gedrückt. Lucy hatte ein paar alte CDs von mir dazugelegt, darunter das größte Album aller Zeiten, *Unsterblich* von den Hosen.

Früher, wenn's mir mal nicht gut ging, warf ich immer eine CD von den Hosen rein, rauchte mir eine und alles war wieder gut. Also drehte ich mir jetzt eine, legte die Scheibe ein, nahm einen tiefen Zug und schloss die Augen. Niemand sonst konnte solche Stücke schreiben, mit so einer Musik, in der zugleich so viel ungebändigte Kraft lag, so viel Wut über die Welt, wie sie manchmal so ist, aber auch so viel Nachdenklichkeit. Seit März hatte ich diesen kompromisslosen Gitarrensound nicht mehr gehört. Er drang aus den Boxen direkt in mein Blut.

Unsterblich hieß dieses Album und *Unsterblich* hieß auch dieses Lied, in das ich mich schon früher einmal unsterblich verliebt hatte: »Ich will mit dir für immer leben, wenigstens in dieser einen Nacht.« Vielleicht lag es bloß daran, dass ein Brief von ihr gerade auf dem Tisch lag: SIE, ihr Gesicht, ihre Stimme, ihr Duft, alles, was ich mit ihr verband, verschmolz mit diesem Lied. »Mit dir hab ich dieses Gefühl, dass wir heut Nacht unsterblich sind.«

Als ich es zehnmal hintereinander gehört hatte, wusste ich, dass ich SIE liebte.

»Was kann man tun, wenn man sich im Knast verliebt hat?«, fragte ich Bergkämper, als er mich das nächste Mal zu sich holte.

»Was würden Sie draußen tun?«, fragte er zurück. Was sollte er auch sagen, schließlich saß er erstens nicht im Knast und zweitens lebte er im Zölibat. Er hatte also von der Materie gar keine Ahnung. Hm – oder war seine Situation vielleicht gerade darum ganz ähnlich wie meine? Keine Ahnung.

»Ich bin aber nicht draußen«, knurrte ich deshalb.

»Noch nicht«, verbesserte Bergkämper. »Wie es aussieht, wird in den nächsten Tagen über ihre Lockerung entschieden. Ihre Betreuerin wird Sie dann informieren. Von meiner Seite jedenfalls gibt es keine Bedenken.«

»Schon?« Ich besaß gar kein Gefühl mehr für Zeit. Durch die Schule kannte ich immerhin noch den Rhythmus von Wochen- und Feiertagen und wusste, wann Dienstag war. Lockerung, das bedeutete ein Urlaubswochenende pro Monat, beginnend mit einer Generalprobe von drei Stunden Stadtgang.

»Um auf ihre Frage zu antworten, Herr Landberg...« Der Priester räusperte sich. »Ich möchte, dass Sie sich keine Illusionen machen. Eine Beziehung über die Knastmauern hinweg aufrechtzuerhalten ist schwer genug. Eine anzufangen scheint mir fast unmöglich.«

»Wollen Sie mir sagen, dass ich sie mir aus dem Kopf schlagen soll?«

»Ich will Ihnen sagen, dass Sie sich fragen müssen, wie Sie mit dem Unmöglichen umgehen wollen.«

Ich runzelte die Stirn und meinte: »Das Orakel von Delphi würde mir eine klarere Antwort geben als Sie. Bringt man Ihnen so was im Priesterseminar bei?«

Bergkämper lachte. »Die Antwort aus Delphi ist die einer zugedröhnten Person, die den ganzen Tag auf einem Hocker sitzt und wirres Zeug redet. Solche Leute finden Sie übrigens auch in jeder Eckkneipe. Meine Antwort ist eine Antwort aus dem Glauben, das bleibt bei meinem Job nicht aus. Wenn Sie den Heidegger verdaut haben, dann lesen Sie mal das dreizehnte Kapitel aus dem ersten Korintherbrief.«

»Um die Sache abzukürzen: Was steht da?« War klar, irgendwann musste er ja mal mit seinem Gott und seiner Bibel rausrücken.

Bergkämper zitierte: »Für heute bleiben Glaube, Hoffnung, Liebe. Die Liebe ist die größte unter ihnen.«

Hörte sich gut an, sagte mir aber nichts. »Versteh ich nicht«, brummte ich.

»Denken Sie drüber nach«, riet er mir und öffnete seinen Gabenschrank. Das war das Zeichen, dass er mich nun wieder zurück auf Zelle bringen wollte. Für heute war das Gespräch beendet. Der Priester drückte mir ein Päckchen Tabak und eine Tafel Schokolade in die Hand und holte den Knochen hervor.

Ich schätze, Bergkämper wollte mich ans Nachdenken bringen. Dabei tat ich eh die meiste Zeit nichts anderes als Nachdenken. Doch mehr und mehr wurden meine Gedanken von der Vorfreude auf den Stadtausgang überlagert.

»Ausgang statt Besuch« nannte sich die Maßnahme, die mir nun zuteil wurde. In der Tat hatte ich mich gut geführt in letzter Zeit. Seit meinem Gelben, dem einzigen seiner Art in meiner Akte, waren nun drei Monate vergangen. Es war inzwischen September und ich »wurde gelockert«. Anstatt mich in der Anstalt zu besuchen durfte mich ein Verwandter am Gefängnistor abholen, drei Stunden lang umherführen und anschließend wieder abgeben. Die Generalprobe für Hafturlaub.

Zum ersten Mal seit über einem halben Jahr spürte ich wieder, wie sich eine Jeans anfühlt. Sie gaben mir meine eigenen Klamotten aus dem Kleidersack und auch das bisschen Geld, das ich bei Haftantritt bei mir getragen hatte. Zum ersten Mal sah ich das Schleusentor wieder. Parallel dazu gab es eine Pforte mit vier Sicherheitstüren, die ich nacheinander passierte, bis Ulrike Greiner-Sand mich auf der anderen Seite meiner Gebärerin übergab.

Meine Mutter sah genau so aus wie beim letzten Mal, als ich sie gesehen hatte. Ihre Augen waren tränenfeucht, ihre Gesichtszüge verhärmt, ihre Umarmung genau so hilflos und unsicher wie bei unserem Abschied.

»Hallo, Mama«, sagte ich und drückte sie ein wenig fester als sie mich.

»Tim.« Sie wischte sich eine Träne von der Wange. »Schön dich zu sehen.«

»Gleichfalls. Was machen wir?«

»Ein paar Straßen weiter habe ich ein Café entdeckt«, erklärte meine Mutter. »Lass uns ein Eis essen.«

»Okay«, nickte ich. »Hab ich seit Monaten nicht mehr.«

Es war ein seltsames Gefühl. Tatsächlich bogen wir um eine Ecke und ließen die Mauern der Anstalt hinter uns. Mir fielen Dinge auf, von denen ich gar nicht wusste, dass ich sie vermisst hatte: das Zwitschern von Vögeln, das Kreischen der Schienen einer Straßenbahn, Kinderlachen, hupende Autos. Meine Mutter wollte dann doch wissen, wie es mir so ging, ob ich mit den Kollegen klar kam, ob ich gesund wäre und so weiter. Ich gab mechanisch Auskunft und malte mir in der Fantasie aus, wie es wäre, jetzt einfach abzuhauen. Die Straßenbahnen waren voller Menschen. Ich würde untertauchen können, mich irgendwohin absetzen, alte Freunde wiederfinden, die mich ein paar Nächte verstecken würden, dann weitersehen . . .

Ich sah meine Mutter von der Seite an, während wir die Straße zu dem Café überquerten. »Hast du noch mal was von den Jungs gehört?«

Ihre Antwort bestand nur aus einem empörten Blick, der mir klar machte: Ich habe dir immer gesagt, die sind kein Umgang für dich, du hast ja nicht auf mich gehört, jetzt lassen sie dich alle im Stich, das hast du nun davon.

Ich strich die Freunde, die mich verstecken würden, aus meiner Fantasie und verabschiedete mich schließlich ganz von diesen Fluchtgedanken. Als wir im Café saßen und unser Eis löffelten, stierte ich ausdruckslos auf die Straße. Ständig glaubte ich SIE irgendwo um eine Ecke kommen oder auf einem Fahrrad vorüberfahren zu sehen.

»In vier Wochen«, sagte meine Mutter, »bekommst du also Hafturlaub. Kurt wird dich freitags mit dem Wagen abholen und am Sonntag wieder zum Kn...« Sie unterbrach sich, fuhr fort: »Und am Sonntag wieder zurückbringen. Weißt du schon, was du an diesem Wochenende machen wirst? Tante Renate würde sich sicher wahnsinnig freuen dich noch mal zu sehen.«

»Mich noch mal zu sehen«, wiederholte ich. »Das klingt, als läge ich auf dem Sterbebett. Ich bin im Knast, nicht auf der Krebsstation. Mal sehen, was ich mache.«

»Aber schlafen tust du bei uns, ja?« Der Ausdruck ihrer Stimme schwankte zwischen Sorge und Misstrauen.

»Wo denn sonst«, brummte ich. »Wenn die Jungs mich alle vergessen haben.«

Meine Mutter guckte in ihren Eisbecher. Eigentlich aß sie kaum etwas, sie stocherte bloß darin herum, nahm etwas Eiscreme auf den Löffel und ließ sie wieder herunter in den Becher tropfen. Nach einer Weile sagte sie: »Ich hab neulich ein paar Blumen auf Nicos Grab gelegt.«

Ich schwieg. Sie sah mich forschend an, wahrscheinlich fragte sie sich, ob sie diese Bemerkung wohl besser unterlassen hätte. Verstohlen sah ich auf die Uhr. Von meinen hundertachtzig Minuten Freiheit waren gerade mal dreißig um. Da hatten Mutter und Sohn sich seit einem halben Jahr nicht gesehen und es gab nichts zu reden. Jedenfalls für mich. Um es so zu sagen: Ich *wollte* nicht, sie *konnte* nicht. Wir hatten nie viel geredet, warum sollten wir jetzt damit anfangen? Und dann ausgerechnet über Nico.

»Ich kann dir ja nicht verbieten dich mit Nico zu treffen«, hatte meine Mutter immer gesagt. Warum eigentlich nicht, fragte ich mich jetzt. Ha! Ich gehöre nicht zu denen, die ihren eigenen Scheiß mit dem falschen Elternhaus entschuldigen. Die einen, weil sie vernachlässigt worden sind, die anderen, weil man sie zu sehr verhätschelt hat. Meine Mutter, so wie sie da nun neben mir saß, unbeholfen nach Worten suchend, was hätte sie denn anders machen sollen? Keine Ahnung. Sie war an nichts schuld. Und genau genommen ging sie die ganze Sache nichts an. Trotzdem hörte ich mich dann sagen: »Hast du ein schlechtes Gewissen wegen deinem missratenen Sohn? Ich meine, weil du Blumen auf dieses Grab gelegt hast.«

»Ich schätze mal, eine Mutter hat immer ein schlechtes Gewissen«, meinte sie und ich glaubte kurz ein Lächeln über ihr Gesicht huschen zu sehen. »Denkst du oft dran?« (Mehr Sorge als Kontrolle in ihrer Stimme.)

»Nein«, log ich. »Na gut, ab und zu. Und du?«

»Selbst wenn ich's nicht täte«, wieder ein kurzes Lächeln, »die Nachbarn tun das schon für mich.«

»Muss hart für dich sein.« (Mehr Sarkasmus als Anteilnahme in meiner Stimme.)

»Weißt du, was hart ist?« (Betroffenheit.) »Wenn ich morgens an deiner Zimmertür vorbeigehe und mich nicht mehr fragen muss, ob du wohl diese Nacht heimgekommen bist oder nicht, weil ich ja weiß, wo du bist.« (Ehrlichkeit.)

Diesmal schwieg ich nicht aus Ignoranz, sondern weil ich offen gesagt mit so einer Antwort nicht gerechnet hätte.

»Dein Eis schmilzt«, sagte ich.

»Ich hab keinen Appetit mehr.«

Plötzlich griff ich nach ihrer Hand. Ich fragte: »Glaubst du, dass es eine Kraft gibt, die das Nichts und den Tod überwinden kann?«

Ich dachte, sie würde jetzt völlig normal reagieren – mich auslachen, verwirrt angucken oder an meiner Stirn fühlen, ob ich Fieber hätte.

»Liebe«, sagte sie. Sie sagte das Wort »Liebe« so, wie jemand auf die erste und einfachste Frage in einem Millionenquiz antwortet.

Irgendwie war ich peinlich berührt. Sie auch, schätze ich, denn sie schob den Eisbecher von sich und ließ die Kellnerin mit der Rechnung kommen.

Nachher zogen wir noch eine Weile durch die Straßen. Mama wollte mir unbedingt etwas kaufen, aber das ging nicht. Vom Stadtgang wie vom Hafturlaub darf man nichts mitbringen, was man nicht auch mit hinausgenommen hat, außer ein paar Erinnerungen vielleicht, nicht mal ein paar Promille. Denn nach meiner Rückkehr musste ich in der Kammer »strippen« und »abpissen«, so der Knast-Slang für die fällige Urinprobe. Beim Abschied draußen vor der Pforte drückte sie mich fest und fragte mich, ob sie denn in vier Wochen bei meinem Hafturlaub Lasagne machen solle, mein Lieblingsgericht. Wirklich rührend!

Ach, scheiß drauf, es hat mir gefallen, dass sie mich das fragte.

Vor dem Tor zu stehen und dort wieder hineinzumüssen gehörte übrigens zu meinen schlimmsten Erlebnissen. Drinnen zu sitzen und von draußen zu träumen ist eine Sache. Aber die Luft draußen gerochen zu haben und nun wieder reinzumüssen, das ging mir an die Nieren.

Apropos Nieren: Als ich zurück auf Zelle kam, war gerade Aufschluss. Jablonski und Bodo nahmen mich zwischen sich und interviewten mich über den Stadtgang. Für den Hafturlaub instruierte mich Bodo: »Dass du mir bloß nicht kiffst oder so, die finden das in deiner Pisse und dann ist Ende mit Urlaub. Das wäre doch sehr schade für uns alle.«

Ich versuchte mich aus seinem väterlichen Stahlgriff zu befreien.

»Also, was soll ich für dich draußen erledigen, he?«

»Wenn es so weit ist, gebe ich dir eine Botschaft mit auf den Weg, für einen alten Kameraden in unserer schönen Heimatstadt.« Bodo fixierte mich. »Du wirst mir eine Antwort bringen und beim nächsten Mal eine neue Botschaft mit ins Wochenende nehmen.«

»Klar«, nickte ich und löste mich von den beiden. Jablonski hielt mich zurück und flüsterte: »Besorg was zum Rauchen. Wie man das schmuggelt, weißt du ja angeblich.«

Bodo lachte schallend und Jablonski fiel mit einem heiseren Kichern in sein Gelächter ein. Ich ließ die beiden stehen und war richtiggehend dankbar, als die Zeit zum Einschluss kam. Ich drehte meine Musik auf und schwang meinen Kopf wie ein Bekloppter zu den befreienden Riffs von Manowars *Blood of the Kings*. Danach warf ich die Hosen-CD ein. Oh, diese Lieder waren alle so wahr: Ich würde auch nie zu den Bayern gehen, auch mich fragte der Mond manchmal, wie's mir geht, auch ich wurde nie satt, na klar, und auch bei mir war alles wie immer.

Später kramte ich meine Notizen raus. Ich hatte mir zu *Sein und Zeit* einen Haufen Stichwörter aufgeschrieben, auf einzelne Zettel, in alphabetischer Reihenfolge sogar. (Hatte mir nicht sogar die Sozi mal geraten, ich sollte Professor werden?) Ich blätterte sie durch: »Lassen«, »Leben«, »Lichtung«, »Logik«, »Logos«. Ich suchte noch mal von vorn. Nein, »Liebe« war nicht dabei. Entweder ich hatte sie überlesen oder nicht für wichtig gehalten. Oder sie kam nicht drin vor. Als ob meine Mutter und der Priester sich gegen mich und Heidegger verschworen hätten! Und SIE schien auch mit drinzuhängen …

 # Bunker

Verflucht. Ich fürchte, jetzt fange ich endgültig an weich in der Birne zu werden. Ich kann mich nicht mehr erinnern, wie lange ich nun schon hier drin sitze. Drei Tage oder fünf? Oder doch vier? Wie oft hab ich gegessen? Ich weiß es nicht mehr. Meistens esse ich erst mal nichts, wenn sie mir was bringen. Und wenn ich dann Hunger kriege, ist es schon kalt. An meinen Schlaf- und Wachzeiten kann ich mich nicht orientieren, weil ich manchmal wach bin, wenn es hell ist und manch-

mal im Dunkeln. Von den Tageszeiten habe ich eh keine Ahnung. Es gibt Augenblicke, in denen ich kurz nicht weiß, wo oben und unten ist, weil der Raum wie ein Betonwürfel wirkt. Aber klar: Die Kamera ist oben, die Matratze und das Kloloch sind unten. Der Rest, das sind die Wände. Jeder Winkel hat neunzig Grad. Im rechtwinkligen Dreieck entspricht die Summe der Kathetenquadrate dem Hypothenusenquadrat. Ich wüsste wirklich gerne, ob ich schon längst verrückt bin oder erst am Anfang des Wahnsinns stehe. Rom ist 753 vor Christus gegründet, die Bundesrepublik am 23. Mai 1949 – oder doch 1948? Ich weiß nicht mehr. Wer zur Hölle hat das Golden Goal gegen Tschechien gemacht – Klinsmann oder Bierhoff? Hab ich das schon vorher nicht mehr gewusst oder erst, seit ich hier drinhocke? Die Zeit ist der Modus, in dem uns das Sein das Dasein reicht. Das immerhin hab ich mir gemerkt.

Heimkommen

In den nächsten Wochen geschah nichts Besonderes, weil ich mich insgesamt sehr zurückhielt. Meine größte Sorge war, noch durch irgendeine Dummheit mit irgendwem Palaver zu bekommen und meinen Hafturlaub zu gefährden. Und allmählich begann ich Pläne für das Wochenende zu schmieden. Verschiedene Alternativen gingen mir durch den Kopf. Ein Plan sah so aus: Ich würde einen Zettel auf Nicos Grab kleben mit der Aufschrift: *Der Idiot ist selber schuld.* Dann würde ich meinen inkompetenten Pflichtverteidiger ausfindig machen und verprügeln, zu guter Letzt bei Natalie auftauchen, sie an die alten Zeiten erinnern und noch mal mit ihr vögeln. Der andere Plan bestand ebenfalls aus drei Schritten: Ich würde SIE suchen, heiraten und mit ihr ein neues Leben anfangen, sagen wir mal am Mississippi oder in der Südsee oder in Phantásien oder so.

In einer der nächsten Kunststunden wollte ich diesen Plan mit ihr besprechen oder irgendwas halbwegs Realistisches, jedenfalls mich mit ihr verabreden. Aber es gab keine nächste Kunststunde. Draußen seien Herbstferien, hieß es. Erst in zwei Wochen ginge es weiter. Ich schrieb ihr. Aber ihre Antwort war ausweichend: »Ich weiß noch nicht, was an diesem Wochenende läuft. In den Herbstferien bin ich jedenfalls nicht weg, ich mach bei einem Theaterstück mit. Ruf halt mal an. Meine Nummer steht im Telefonbuch.«

Okay, offen gestanden hätte sie kaum deutlicher Nein sagen können. Aber hier drin klammert man sich halt an jeden Strohhalm. Ich würde ins Telefonbuch gucken und sie anrufen.

Zuvor jedoch hatte ich noch was zu erledigen. Ich musste dem Priester *Sein und Zeit* zurückgeben.

»Haben Sie schon Pläne für Ihr Wochenende?«, fragte Bergkämper mich, als er mich in sein Büro gebracht hatte.

Ich schilderte ihm ausführlich die beiden Möglichkeiten, die ich erwogen hatte, und er musste lachen.

»Vielleicht finden Sie etwas, das dazwischen liegt«, meinte er dann und schob das Heidegger-Buch ins

Regal zurück. »Sind Sie beim Lesen zu irgendwelchen Erkenntnissen gelangt?«

»Ja und nein«, gab ich zu. »Ein paar Dinge waren ziemlich interessant. Die Nummer, dass die Möglichkeit höher steht als die Wirklichkeit, damit kann ich echt was anfangen.«

»Was heißt das?«

Ich zitierte aus dem Kopf: »Die Möglichkeit ist die ursprünglichste Bestimmtheit des Daseins. Und dann die Sache mit der Zeit. Man kann das Sein nur aus seiner Zeitlichkeit heraus verstehen. Nur weil wir sterben werden, haben wir überhaupt ein Verständnis davon, dass wir sind. Und das Verhältnis von Zeit und Raum fand ich auch sehr einleuchtend; der Raum bleibt, die Zeit vergeht. Manchmal kam's mir so vor, als wär das Buch für Knackis geschrieben.«

Bergkämper hatte schweigend seinen Aschenbecher ausgeleert und gesäubert. Als er sich jetzt eine Zigarette ansteckte, gab er zu bedenken: »Wir sind alle an Raum und Zeit gefesselt. Das macht uns zu Menschen. Haben Sie denn bei Heidegger Antworten auf Ihre eigentlichen Fragen gefunden?«

Ich schüttelte den Kopf. »Hm. Nicht wirklich.«

»Dann müssen Sie sich diese Antworten letztlich doch selbst geben. Das kann Ihnen keiner abnehmen.«

Ich verzog das Gesicht. »Manchmal«, sagte ich, »klingen Sie wie einer von diesen bescheuerten Pädagogen.«

Bergkämper erwiderte: »Lassen Sie sich einfach mal ein Stück weit darauf ein.«

Ich wollte auf diesen blöden Spruch etwas Passendes erwidern, er aber musste plötzlich lachen und meinte:

»Hey, das war ein Witz. Sie haben sich doch sowieso als absolut erziehungsresistent erwiesen.«

»Stimmt«, grinste ich. »Aber so schön hat's noch niemand ausgedrückt.«

»Na sehen Sie«, sagte der Priester, bevor er unvermittelt wieder auf Ernst umschaltete. »Machen Sie keinen Scheiß auf Hafturlaub.«

Ich hob abwehrend die Hände. »Sehe ich so aus?«

»Allerdings.«

Ich räusperte mich und wollte ihm die Hand drauf geben, aber dann sagte ich bloß: »Ich kann Ihnen nichts versprechen.«

»Wenigstens sind Sie ehrlich«, meinte er. »Aber wägen Sie ab, was Sie tun. Es ist im Grunde ein reines Rechenexempel.«

Der Priester hatte Recht. So, wie ich mich führte, konnte ich schon im nächsten Sommer draußen sein. Für immer.

»Machen Sie sich keine Sorgen«, versicherte ich ihm.

»Dafür werde ich aber bezahlt«, widersprach mir der Priester, erhob sich, griff wie üblich in seinen Gabenschrank und reichte mir Tabak und Kekse.

Gäbe es dieses Ritual – dieses Sakrament – auch draußen in der normalen Kirche, ich hätte glatt noch mal ein frommer Mensch werden können.

Freitagmittag ging ich noch einmal zur Freistunde auf den Hof. Ich hatte zwar keinen Bedarf daran, aber ich wusste, dass Bodo noch seinen ominösen Auftrag an mich loswerden wollte. Und Palaver mit Bodo, daran hatte ich noch weniger Bedarf.

Erwartungsgemäß stellte mich Bodo in einer Ecke des Hofes. Während Jablonski mit einem anderen »Kameraden« vor uns und damit den Grünen in die Sicht trat, legte Bodo mit stählernem Griff seinen Arm um mich. Mit der anderen Hand schob er mir einen Zettel in die Hosentasche. Sein Ton klang wie immer väterlich und zugleich unmissverständlich drohend, als er sagte: »Das ist ein Brief für unseren alten Kumpel Hans Pemmelmann, du erinnerst dich an ihn?«

Klar erinnerte ich mich. Der Mann mit dem beknacktesten Namen des Universums hatte schon immer nur die Wahl gehabt, entweder auszuwandern oder ein ganz fieser Schläger zu werden. Da die erste Möglichkeit wegen seiner rechten Gesinnung kaum infrage kam, hatte er sich für die zweite Variante entschieden. Auch vom Intellekt her passte er ganz gut in Bodos Umfeld.

»Hab keine Ahnung, wo der wohnt«, gab ich zu bedenken. »Hat der nicht immer in der Mittel-Bar rumgehangen?«

»Genau«, nickte Bodo. »Und da bringst du den Brief hin. Wenn du den Hans da nicht findest, dann gibst du mein Schreiben dem Kneipenpächter, der gehört auch zur Szene. Alles klar? Ich warte auf die Antwort.«

Noch ein Schlag auf die Schulter. »Enttäusch mich nicht, Landberg!«

»Na, nie!«

So viel dazu.

Kurt holte mich wie besprochen ab. Für Oktober war es draußen noch ziemlich warm. Aber man roch irgendwie, dass die schönsten Tage vorbei waren, dass die Sonne sich nur noch mal aufbäumte, bevor sie dem Herbst das Feld überlassen musste. Die ganze Natur kam mir überreif vor, die Welt schien satt von etlichen wunderschönen heißen Wochen. Ich aber war hungrig, doch ich kam zu spät. Ich hatte einen ganzen verschissenen Sommer verloren.

Wir fuhren über Land. Das waren früher mal meine Straßen gewesen. Immer wenn Kurt das Gaspedal durchtrat, erwachte in mir diese Sehnsucht, selbst am Steuer zu sitzen, nur noch einmal. Diese Kraft zu spüren, zweihundertfünfzig Pferde, nicht so eine alte Rostlaube wie Kurts Kombi, sondern ein richtiges Auto. Aber wenn ich die Augen schloss und mir vorstellte, ich säße auf dem Fahrersitz, spürte ich im selben Moment wieder das Eintauchen in den Airbag und dann saß Nico neben mir mit seinem leeren Blick.

Gar nichts fühlte ich, als wir in unsere Gegend kamen, den kleinen Arbeitervorort mit den kleinen Arbeiterhäusern, dreistöckig und geklont, die Sandsteinfassaden vom Ruß gedunkelt.

Kurt parkte auf unserem Hinterhof, wo die ersten Nachbarn schon ihre Autos aufgebockt hatten und zu Ballermann-Hits und Dosenbier daran herumschraubten und -polierten. Ein paar Leute drehten sich nach mir um. Es war ein Freitagnachmittag wie immer und kurz kam es mir so vor, als sei ich nie weg gewesen. Auch der Geruch von Essen und Kellermief im Treppenhaus war so vertraut wie das Lächeln, mit dem mich Lucy oben im dritten Stock empfing. Sie fiel mir um den Hals, dann wagte sich meine Mutter heran und küsste mich scheu auf die Stirn. Schließlich standen wir drei peinlich schweigend im Flur der engen Wohnung.

Bis Lucy meine Hand nahm und fragte: »Willst du gar nicht in dein Zimmer gehen?«

»Hab ich das denn noch?«, fragte ich voller Erstaunen. Lucy hatte immer das kleinere Zimmer gehabt. Ich an ihrer Stelle hätte mir sofort das größere unter den Nagel gerissen. Sie anscheinend nicht. Sie schob mich zu der verschlossenen Türe am Ende des Flurs, wo ich stehen blieb.

»Warum gehst du nicht rein?«, fragte sie.

Mir fiel es wieder ein. Klar, man drückt einfach die Klinke hinunter, öffnet die Türe und geht hindurch. Ich hatte es verlernt. Ich hatte seit Monaten keine Türen mehr geöffnet, aber hier würde kein Grüner mit seinem Knochen vor mir auf- und hinter mir wieder abschließen. Zitternd legte ich die Hand auf die Klinke und betrat mein Zimmer. Es war alles noch da. Mein Bett war gemacht, meine alte Stereoanlage stand in der Ecke, jemand hatte meinen Farn gegossen. Sogar der Staub war gewischt.

Und in diesem Moment passierte es. Ich zog Lucy an mich, schlang meine Arme um sie, vergrub das Gesicht in ihren Haaren und heulte los wie bescheuert. Ich konnte nichts dagegen machen, es war stärker als ich. Ich heulte und weinte, bis ihre Haare und ihre Schulter ganz nass waren von meinem Rotz und meinen Tränen. Irgendwann gab mir jemand ein Taschentuch in die Hand. Als ich wieder sehen konnte, schauten die drei mich ganz anders an als vorher. Irgendwie versöhnt oder so, keine Ahnung. Und zum Essen gab es dann Lasagne.

SIE II

Nun hatte ich mir drinnen ja alles Mögliche ausgemalt, was SIE betraf, aber als ich jetzt daheim vor dem Telefon hockte, sah das Ganze anders aus. Klar, ich wollte SIE treffen. Aber was zur Hölle würde sie denken, wenn ich anrief? Würde sie mich außerhalb der Knastmauern überhaupt treffen wollen? Sie wusste nichts über mich. Ich war ein Verbrecher und hier draußen war ich quasi außer Kontrolle. Gott, sie könnte sich verfolgt fühlen, mich für einen verliebten Psychopathen halten! Vielleicht würde ich sie für immer verschrecken. Vielleicht würde ich alles verlieren, jede Chance verspielen. Aber so oder so, ich würde es nie erfahren, wenn ich sie nicht anrief.

Sie wohnte nur zwei Orte weiter und ich bekam ihre Nummer bei der Auskunft. Dort hatte man auch eine Handynummer von ihr, die wählte ich.

Als sie sich meldete, stockte mir der Atem.

»Hier ist Tim«, sagte ich dann, und als sie nicht antwortete, sich womöglich sogar fragte, welcher Tim denn nun, schob ich nach: »Tim vom Knast.«

»Hi, Tim. Wie geht's dir?«

Sie klang erfreut und gleichzeitig distanziert.

»Gut, ich hab Urlaub.«

»Stimmt.« Sie erinnerte sich. »Und wie ist es so?«

Ich holte Luft, dann kam die Feuerprobe: »Hast du Lust, mich zu treffen?«

Pause. (Warum hatte ich eigentlich immer Telefonate mit so vielen Pausen?!)

»Schon«, gab sie schließlich zu. »Hast du 'ne Ahnung wo ich wohne?«

»Ich war schon mal in der Gegend.«

»Dann kennst du vielleicht das Jugendzentrum, bei dem großen Park.«

»Kenne ich.«

»Auf der Rückseite ist ein Nebeneingang, der führt ins Souterrain, das ist unser Probenraum. Von meiner Band, du weißt schon. Sagen wir um acht?«

»Super.«

»Dann bis gleich.«

Und aufgelegt. Rückseite, Nebeneingang, Souterrain. Das passte wie die Faust aufs Auge. Natürlich würde sie einen Knacki nicht besuchen kommen und erst recht nicht zu sich nach Hause einladen, da machte ich mir gar nichts vor. Immerhin war dieses Date schon mehr, als ich erwarten konnte.

Ich fuhr mit dem Bus hin und musste dann noch ein paar Straßenzüge zu Fuß gehen, was allein schon eine echte Herausforderung war. Ständig achtete ich darauf, den Rücken frei zu haben, sah mich instinktiv um, ob mich jemand beobachtete, und spannte die Muskeln an, wenn jemand an mir vorbeiging, um mich notfalls sofort wehren zu können. Das Verhalten auf dem Gefängnishof war mir in Fleisch und Blut übergegangen.

Das Jugendzentrum war ein altes Fabrikgebäude, die Fensterscheiben an der Vorderfront von Kindern bunt bemalt. Ich umrundete das Gebäude und fand an der rückwärtigen Seite den Nebeneingang. Staubblinde Fenster auf Kniehöhe ließen keinen Blick ins Innere zu, jedenfalls brannte kein Licht. Die Dämmerung setzte schon ein, es war kurz nach acht (seit langem trug ich wieder eine Uhr). Zögernd klopfte ich und zu meiner Überraschung öffnete sich die Türe. SIE stand vor mir, Jeans, Kapuzenpullover, der Blick ihrer grünen Augen auf mir ruhend.

»Schön, dich zu sehen«, sagte sie. Aus dem Hintergrund drang Musik von den Guano Apes. »Komm rein.«

Ich betrat den Bandraum. Offenbar diente der Keller verschiedenen Gruppen und Zwecken. Ein Schlagzeug war hier aufgebaut, zwei Keyboards, allerhand Kabelsalat, eine ausrangierte Schrankwand voller Krempel, ein Billardtisch war in eine Ecke geschoben. Gegenüber standen zwei alte Sofas über Eck und zwischen ihnen ein kleiner Kühlschrank.

»Setz dich«, forderte sie mich auf. »Trinkst du ein Bier?«

Ich hockte mich auf eine Couch und nickte. Martha nahm zwei Dosen aus dem Kühlschrank und setzte sich auf das andere Sofa. Wir öffneten die Dosen und prosteten uns zu. Die ganze Situation hatte etwas sehr Steriles. Von der Vertrautheit, die ich im Knast zwischen uns gespürt oder mir zumindest eingebildet hatte, war nichts mehr übrig.

»Was macht dein Theaterdings?«, fragte ich sie irgendwann. »Darf ich hier rauchen?«

»Es läuft«, sagte sie und reichte mir einen Aschenbecher. »Wir spielen *Die Physiker*, von Dürrenmatt.«

»Aha«, nickte ich. »Wen spielst du? Die beknackte Irrenärztin?« Ich drehte mir eine.

Sie lächelte. »Den Newton.«

»Echt ein krankes Stück«, fand ich. »Oder?«

»Und das sagt einer, der diesen Heidegger liest«, entgegnete sie. »Sag mal, warum bist du eigentlich hier? Willst du vögeln?«

Unvermittelt fiel mir die Zigarette, die ich gerade anzünden wollte, aus der Hand. Dafür zog sie nun ein Päckchen Kippen hervor. Ich glotzte sie an.

»Ist das eine Fangfrage?«

»Ja«, sagte sie und zündete sich mit unendlicher Langsamkeit eine Zigarette an. Ich tastete auf dem Fußboden nach meiner Kippe und in meinem Kopf nach einem klaren Gedanken.

»Ich hab keine Ahnung, warum du mich sehen willst«, erklärte sie. »Was du dir denkst, was du empfindest. Willst du die schnelle Nummer im Hafturlaub? Willst du Freundschaft?«

Sie nahm einen tiefen Zug. Als ich nicht antwortete, sprach sie weiter: »Ich kenne dich nur aus unseren kurzen Begegnungen und aus deinen Briefen. Einen witzigen, sehr intelligenten, aber auch ziemlich undurchsichtigen Tim.«

Ich fand meine verlorene Kippe wieder und steckte sie mir an. Selten war ich so froh, mich an irgendwas festhalten zu können.

»Und was ist mit dir? Warum willst du mich denn sehen?« Gute Idee. Erst mal Zeit gewinnen. Dann ließ ich mich zu einer sehr sarkastischen Frage hinreißen: »Was willst du denn? Die schnelle Nummer mit einem echten

Knacki gleich hier auf dem Billardtisch? Damit du was richtig Abgefahrenes zu erzählen hast? Brave Gymnasiastin treibt's mit jugendlichem Verbrecher. Macht dich das an?«

Urplötzlich fiel jedes Lächeln aus ihrem Gesicht. Den veränderten Ausdruck verstand ich zunächst nicht. Sie drückte ihre gerade erst angerauchte Zigarette aus und erhob sich.

»Lass uns gehen«, sagte sie tonlos.

»Wohin?«

»Nach Hause. Du zu dir und ich zu mir.«

»Stopp!«, rief ich und sprang auf. Ich ging langsam auf sie zu. Sie wich nicht zurück. So leise, dass ich es fast selbst nicht hören konnte, sagte ich: »Das war eine verdammt miese Scheißfrage, die du mir da gestellt hast.«

Sie sah mich völlig irritiert an, als wäre ihr so was wie eine Erkenntnis gekommen.

»Ich hab dich verletzt«, flüsterte sie und streckte unsicher die linke Hand nach meiner rechten Wange aus.

Ich ergriff ihre Hand und hielt sie fest und musste lächeln. »Du dachtest nicht, dass man das kann, stimmt's? Mich verletzen, meine ich.«

»Nein – doch, natürlich, aber ich –«, sie stockte. »Es tut mir Leid.« Ich ließ ihre Hand los. Ihre Fingerspitzen berührten mein Gesicht. Ein Zittern ging durch meinen ganzen Körper.

Ihr Mund näherte sich meinem Ohr. »Ich hab zuerst gefragt«, sagte sie. »Also, warum wolltest du mich sehen?«

Ja, manchmal fallen Entscheidungen im Bruchteil eines Bruch-
teils einer Millisekunde. So ungefähr. Und bestimmen doch
das ganze weitere Leben. Eine solche Entscheidung habe ich in
diesem Moment wohl getroffen, schätze ich, denn alles, was
von da an geschehen ist, ist deshalb so geschehen, weil ich in
diesem Moment einfach gerade heraus gesagt habe, was ich
meinte. Oder weil ich meinte, was ich sagte. Wie auch immer.
Ich habe nicht nachgedacht, sondern einfach gesagt, was ich
noch nie zuvor, nicht zu meiner Mutter, nicht zu Natalie oder
irgendwem sonst je gesagt hatte.

»Ich lieb dich.«

   »Das ist nicht dein Ernst.«

   »Echt, ich lieb dich.«

   »Puh«, machte sie. Ich sog durch die Nase die Luft
ein, die sie aushauchte, als wäre es mein letzter Atem-
zug. Sie roch etwas nach Rauch, aber ansonsten unver-
wechselbar nach sich selbst.

   »Puh«, sagte sie wieder. »Das macht's nicht einfach.«

   Noch immer strichen ihre Finger vorsichtig über mein
Gesicht, ihr Blick durchforschte meinen.

   »Du bist dran«, erinnerte ich sie. »Warum wolltest du
mich sehen?«

   Ihre andere Hand näherte sich, sie fasste meinen Kopf
mit beiden Händen, ihre Finger fuhren langsam über
meine Wangen, meinen Hals, meinen Nacken, meinen
Hinterkopf, gruben sich in meine Haare. Ich traute mich
eine Hand auf ihren Rücken zu legen und dann die andere und betastete ihre Schultern und Hüften wie zer-
brechliches Porzellan.

   Ihre Lippen berührten beinahe meine und ihre Stimme

klang traurig, als sie antwortete: »Ich irgendwie auch – ich – ich meine, ich bin verdammt verknallt in dich und –«

Dann küssten wir uns. Wild. Wie die Irren. Nicht jugendfrei.

Wir küssten uns, bis sie sich irgendwann losriss. Sie wirbelte um die eigene Achse, stieß einen Fluch aus, trat aus der Drehung mit voller Wucht ein Becken vom Schlagzeug, das scheppernd durch den Raum flog, und schrie: »Scheiße, scheiße, scheiße!«

Ich stand ziemlich belämmert da. »Was denn? Was ist scheiße?«

Sie tobte. »Warum müssen wir uns treffen? Ausgerechnet wir? Das ist so ungerecht! So hammermäßig ungerecht. So –«

Den letzten Satz erstickte ein Schluchzen. Als ich sie in die Arme schloss, waren ihre Augen nass und verklebten meine Wimpern. Sie schluckte. »Wir haben null Zukunft. Null.«

Ich wollte etwas erwidern, aber mir fiel nicht das Geringste ein. Ich schmeckte ihre Tränen auf der Zunge. »Wir haben kein bisschen Zukunft«, wiederholte sie.

»Wir haben Gegenwart«, sagte ich nach einer Weile. »Hey, kennst du dieses Lied von den Hosen, dieses Lied mit –«

»Ja«, nickte sie. »Ich kenn das Lied.« Ich wollte trotzdem noch was sagen, aber sie zog plötzlich mein T-Shirt aus meiner Hose und dann fühlte ich ihre kühlen Finger auf meinem Rücken. »Ich weiß, was du meinst.« Ihre Fingerspitzen kletterten meine Wirbelsäule hinauf und eine Gänsehaut lief von dort nach überall.

»Ich hab übrigens noch nie so richtig«, flüsterte sie.

»Ich auch nicht«, gestand ich plötzlich. »Na ja, einmal, aber es war total doof, ich hab alles falsch gemacht.«

»Idiot«, grinste sie und brachte mich aus dem Gleichgewicht.

Wir sanken irgendwohin, vielleicht aufs Sofa oder auf den dicken alten Teppich auf dem Boden. Ich weiß nicht mehr, ob die CD auf Repeat stand oder ob es Radio war oder ob überhaupt Musik lief, ich weiß nicht mehr, wie lange wir nichts denken konnten außer uns selbst, weil alles nur Gegenwart war. Die Zeit existierte nicht mehr. Und in einer Schublade fanden wir sogar noch Kondome.

Mitten in der Nacht lagen wir einfach rum und quatschten, bis Martha eher nebenbei meinte: »Ich hab mir tausendmal überlegt, wie es wohl werden könnte, du weißt schon, dieser Mythos vom ersten Mal und so. Aber so was wär mir nie eingefallen.«

»Wie hast du's dir denn vorgestellt?«, wollte ich wissen.

Sie grübelte, dann sagte sie: »Meine beste Version ging so, dass ich es in Paris tun würde, im Hochsommer bei Vollmond auf dem Balkon eines dieser alten Häuser auf dem Montmatre, weißt du?«

»Nein«, musste ich zugeben. »Bin nie da gewesen.«

»Du warst noch nie in Paris?« Sie fragte das mit demselben Ton, mit dem man fragt: »Du hast keine E-Mail-Adresse?« oder: »Du kennst die Simpsons nicht?« Dieser Ton mit einer Mischung aus Erstaunen, Entsetzen und Mitleid.

»Als Kind war ich mit meiner Mutter in Holland«, erinnerte ich mich. »Später fuhr ich nicht mehr mit. Mit Freunden bin ich mal fast bis nach München gekommen, bevor – egal. Das ist meine ganze Auslandserfahrung. Aber erzähl, wie sollte es denn weitergehen?«

»Wie's halt weitergeht«, grinste sie. »Jedenfalls kam in meiner Fantasie hinterher noch ein Frühstück im Sonnenaufgang. Champs-Élysées, so ein Straßencafé, ein großer Pott Kaffee und Croissants.«

»Die Sache mit dem Vollmond im Hochsommer ist wohl gelaufen«, meinte ich. »Aber Kaffee und Croissants auf den Champs-Élysées könnten wir noch schaffen, zwar nicht im Sonnenaufgang, aber immerhin.« Ich musste grinsen bei dem Gedanken daran, dass ein solcher Trip theoretisch sogar möglich schien. »Wir wären schon morgen Abend wieder zurück«, rechnete ich ihr vor. »Mehr Zeit als genug für mich.«

Martha sah auf die Uhr und lachte schallend. Aber plötzlich brach ihr Lachen ab, sie sprang wie elektrisiert auf und fummelte ein Handy aus ihrer Jacke. Eilig wählte sie eine Nummer, wartete, wählte noch mal, dann meldete sich offenbar jemand.

»Kai? Hier ist Martha. – Ja, ich weiß, wie spät es ist. – Nein, es ist nichts passiert. Obwohl, eigentlich doch, aber das ist eine lange Geschichte. Hör zu, ich brauch dein Auto, nur für vierundzwanzig Stunden. Oder nein, sagen wir für dreißig Stunden. – Ich dachte, du vertraust mir immer. – Ja, es geht um Leben oder Tod. Leben, so wie ich das definiere. – Genau. Lach nicht! – Du bist der Beste. Okay, bis gleich.«

Sie legte das Handy weg und stand nackt vor mir mit

einem seltsam verwegenen Blick. »Zieh dich an, Tim, wir fahren.«

»Wohin?«

»Erst zu meinem Bruder, dann nach Paris.« Sie warf mir die angebrochene Packung Kondome zu. »Und steck das hier ein.«

Granada

Es muss gegen zwei gewesen sein, als wir mit dem Nachtbus und einem Taxi die Wohnung von Marthas Bruder Kai erreichten. Kai, so etwa Mitte zwanzig, empfing uns in Boxershorts auf dem Treppenabsatz und streckte ihr Schlüssel und Papiere hin. »Wer ist das?«

»Das ist Tim.«

»Hallo, Tim. Ich hoffe, ihr wisst, was ihr tut.«

»Worauf du einen lassen kannst«, nickte sie.

»Ich schätze, die Eltern wissen nichts.«

»Stimmt. Denk dir was Cooles aus, wozu bist du Journalist?«

Kai seufzte. Er musterte mich noch mal, dann mahnte er Martha: »Denk dran, ich hänge an dem Wagen, hab ihn eben erst durch den TÜV gekriegt. Schöne Nacht noch.«

Er drückte sie, nickte mir zu und verschwand wieder. In seiner kompromisslosen Art erinnerte er mich an Lucy.

Sekunden später standen wir auf der Straße vor einem uralten Granada.

»Wer fährt?«, wollte ich wissen.

»Du hast doch sicher deinen Führerschein nicht dabei«, vermutete sie.

»Witzig! Ich hab gar keinen. Du doch wohl auch nicht.«

»Natürlich!«

»Moment mal.« Ich hielt inne und starrte sie an. »Wie alt bist du?«

»Neunzehn, ich dachte, du weißt das. Ich mache im Frühling Abitur.« Sie ging auf mich zu. »Wie alt zur Hölle bist denn du?«

»Sechzehn.«

»Sechzehn? Das gibt's doch gar nicht.«

»Du hast mich nie gefragt.«

Martha legte den Kopf schräg, als sie mich jetzt prüfend musterte. Mit einem seltsamen Unterton in der Stimme fragte sie: »Aber du kannst Auto fahren, ja?«

»Ja.«

Sie fasste mich an der Schulter. »Warum sitzt du in diesem Knast, Tim?«

Ich seufzte. War eigentlich klar, dass der Moment kommen musste.

Ich lehnte mich gegen die Beifahrertür und rutschte langsam daran herunter, bis ich auf dem Asphalt saß.

»Ich hab mit Freunden Autos geknackt«, gestand ich. »Ziemlich teure, ziemlich viele, ziemlich oft.«

Sie ließ sich neben mir nieder, zog die Knie unters Kinn und beobachtete mich von der Seite.

»Wir sind damit rumgefahren, die halbe Nacht, bis der Tank leer war, und dann nach Hause getrampt.«

»Beknacktes Hobby. Und dafür kriegt man Knast?«

»Na ja, nicht nur dafür. Ich hatte einen Freund, Nico. Eigentlich kein richtiger Freund, wir waren alle keine richtigen Freunde. Wir hingen halt rum und waren anders als alle anderen, als die Normalos. Das verband uns eben.«

»Was ist passiert mit Nico?« Sie ahnte wohl, was kam.

Ich musste tief durchatmen. Es fiel mir schwerer, sehr viel schwerer, als damals vorm Psychodoc, vor Gericht oder vor meinen Eltern.

»Wir fuhren zu zweit in dieser Nacht«, presste ich mühsam hervor. »Es war geil, aber auch irgendwie wie immer. Und wir hatten von diesen Crashkids gehört, mit Airbaging und solchem Scheiß. Und Nico wollte es ausprobieren.«

Sie wurde unruhig. Aber sie drängte mich nicht. Bis ich weitererzählte.

»Es war ein mörderfetter Baum. Und Nicos –«, ich schluckte, » – Nicos Airbag ging nicht auf.«

Mein Kopf fiel zwischen meine Schultern. SIE fing ihn auf und drückte mich an sich.

»Du bist kein Mörder«, sagte sie leise, aber sehr bestimmt.

»Das hab ich nie behauptet«, gab ich zurück. »Und das hat mir auch nie jemand vorgeworfen, nicht mal Nicos Eltern.«

»Kann sein«, erwiderte sie. »Aber du bist trotzdem kein Mörder.«

Sie rappelte sich hoch und zog mich auf die Beine.

»Lass uns fahren«, sagte sie. »Führerschein oder nicht, wahrscheinlich darfst du nicht mal das Land verlassen.

Und ich mache mich bestimmt auch strafbar, wegen Beihilfe zur Flucht oder so.«

»Ach was«, brummte ich. »Wenn sie uns kriegen, sag ich einfach, ich hätte dich als Geisel genommen. Außerdem hätte ich eigentlich noch nicht mal meine Stadt verlassen dürfen. Was soll's!«

Ich zuckte mit den Achseln und wollte um das Auto herumgehen. Aber Martha sagte streng: »Ich fahre.«

Nicht ganz eine Stunde später, kurz hinter Aachen, stand ein Häuschen auf der Autobahn, von bleichen Straßenlaternen schwach beleuchtet. Die Rollläden waren heruntergelassen und ein blaues Schild mit zwölf Sternen ließ uns wissen, dass gleich Belgien anfing. Europa ist ein tolles Land. Nur noch ein paar komische Häuschen und dafür so viel Ärger all die Jahrhunderte, dachte ich bei diesem Anblick. Aber Grenzen gibt es trotzdem noch. Denn Martha trat scharf auf die Bremse und fuhr rechts ran, kurz bevor wir die gute alte Bundesrepublik hinter uns gelassen hätten.

»Wir sind wahnsinnig«, stellte sie sachlich fest.

»Sind wir«, nickte ich voller Überzeugung.

»Ich bin wahnsinnig«, verbesserte sie. »Stell dir vor, es passiert was. Stell dir vor, wir kommen in eine Kontrolle. Stell dir vor, irgendein Arsch fährt uns hinten drauf und die Polizei nimmt den Unfall auf und die Personalien. Vielleicht bin ich dann dran, aber du, du bist ganz sicher dran. Stell dir das mal vor!«

»Stell dir vor, ich war noch nie in Paris. Darf man in Kais Auto rauchen?«

Martha klappte den Aschenbecher auf, blinkte links und gab wieder Gas.

Paris

Die Dämmerung begann, als wir die belgisch-französische Grenze erreichten, und fast hätte das mit dem Sonnenaufgang noch geklappt. Wir sahen ihn im Rückspiegel, während wir die Peripherie verließen und nach Paris reinfuhren. Martha zeigte nicht die geringste Spur von Müdigkeit, sondern konzentrierte sich ganz auf die Straße und auf ihre Erinnerung. Sie murmelte die Namen irgendwelcher Plätze und Gebäude, nach denen sie sich richtete. Ich saß neben ihr und bewunderte sie hemmungslos. Für ihren Orientierungssinn. Für ihre Entschlossenheit und den Wahnsinn, den sie mit mir unternahm. Ab und zu zeigte sie mir irgendwas. »Das ist jetzt der Louvre.« Mehrmals erhaschte ich einen Blick auf den Eiffelturm. Ich kam mir vor wie in einem furchtbar romantischen Film. So kitschig, so unwirklich, so überwältigend. Über uns spannte sich der azurblaue Himmel, während die Sonne langsam ihre Farbe von Glutrot ins Goldene wechselte und an Kraft gewann.

Und tatsächlich erreichten wir die Avenue des Champs-Élysées. Martha lenkte den alten Ford ganz gemächlich auf diesen großen Triumphbogen zu, den wir auf einem vielspurigen Kreisverkehr mehrmals umrundeten, bevor wir die Champs-Élysées noch einmal hinunter- und wieder hinauffuhren. Martha erzählte mir was von Arc de Triomphe, Place de la Concorde und so weiter. Ich konnte kaum hinhören, war damit beschäftigt, die

Eindrücke um mich herum aufzusaugen. Nacht und Tag begrüßten einander: Aus den Bars kamen die letzten Gäste, während die Leute von der Straßenreinigung die Bürgersteige mit Wasser abspritzten. Im nassen Asphalt spiegelte sich das Sonnenlicht. Vor einigen Cafés wurden schon Stühle und Tische aufgestellt. Kleine runde Bistrotische und Stühle aus Korbgeflecht. Genau so hatte ich mir Frankreich immer vorgestellt. Verdammt, ich war wirklich noch nicht in der Welt herumgekommen. Anscheinend musste ich erst in den Knast einfahren, um mal Paris zu sehen.

Wir fanden ein Parkhaus, wo wir den Wagen abstellten und noch eine Ewigkeit lang rumknutschten.

Dann saßen wir tatsächlich in einem dieser Straßencafés und bekamen Milchkaffee und Croissants. Außer uns frühstückte dort eine Clique Jugendlicher, etwa in unserem Alter. Die Jungs trugen Schlips und Sakko, die Mädchen leichte Cocktailkleider und Dreieckstücher um die Schultern. Man sah ihnen die Strapazen und den Spaß einer durchtanzten Nacht an. Sie unterhielten sich mit aufgekratzten Stimmen in dieser wunderschönen melodischen Sprache, die ich nie gelernt hatte. Ob man uns auch ansah, wie übernächtigt wir waren? Ob man uns ansah, welches Geheimnis uns verband?

SIE lachte mich an. »Warum schüttelst du dauernd den Kopf?«, wollte sie wissen.

»Ich kann's nicht fassen«, gestand ich. »Echt nicht. Gestern Morgen war ich noch hinter Gittern und hab mich in meinen Träumen nach dir gesehnt. Jetzt sitze ich mit dir auf den Champs-Élysées beim Frühstück. Und morgen Nachmittag werde ich wieder drin sein.«

Sie schwieg. Ihr Gesicht nahm einen sorgenvollen Ausdruck an. Als könnte sie in meinen Gedanken lesen.

»Du gehst doch wieder rein?«, wollte sie wissen. »Oder?«

»Alles andere wäre schön doof«, brummte ich und tunkte mein Croissant in den Kaffee. »Im wahrsten Sinn: richtig schön und richtig doof.«

Sie antwortete nicht, sondern bestellte sich noch einen Kaffee.

Ich sah sie an und fragte: »Wie weit ist es von hier bis in die Bretagne, bis ans Meer?«

»Zu weit«, sagte Martha. »Zu weit, um morgen Nachmittag zurück zu sein.«

»Ich will nicht an morgen Nachmittag denken.«

»Du hast aber damit angefangen.«

»Ich will überhaupt nicht denken.« Ich hörte mich bestimmt wie ein trotziges Kind an.

»Ich aber«, entgegnete sie entschieden und ergriff meine Hand. »Ich will darüber nachdenken, wie es mit uns weitergeht.«

»Gar nicht«, seufzte ich. »Hast du doch selbst gesagt. Wir haben null Zukunft.«

»Möglicherweise könnte ich warten.«

Kein Zweifel, sie meinte das ernst. Ich musste an Natalie denken und an ihre Worte, die ich niemals in meinem Leben würde vergessen können.

»Du bist neunzehn«, sagte ich. »Wenn ich draußen bin, hast du schon Abitur und gehst irgendwohin, um zu studieren. Das Letzte, was du da gebrauchen kannst, ist ein kleiner Exknacki, der dir am Rockzipfel hängt.«

Sie musste lachen. »Witzige Vorstellung, dass du an meinem Rockzipfel hängst.«

»Witzige Vorstellung, dass du auf mich wartest«, gab ich zurück. »Du kennst mich doch gar nicht. Du würdest auf ein Phantom warten. Und früher oder später würden wir uns verlieren.«

Der Kellner brachte neuen Kaffee. Ich seufzte tief und sagte: »Wenn man im Knast sitzt, ist es einfacher zu wissen, dass man jemand verloren *hat*, als zu wissen, dass man jemanden verlieren *wird*. Verstehst du?«

»Vielleicht ist es richtig«, meinte sie, »dass du keine Lust hast zum Denken. Ich hab auch keine mehr.«

Sie küsste mich.

Erst nach einer ganzen Weile konnten wir damit aufhören und an ihren Augen sah ich, dass sie (trotz Nachdenkverbot) wohl dasselbe dachte wie ich: Vor morgen Nachmittag mussten wir es unbedingt noch einmal tun. Oder zwei- oder dreimal oder...

»Vielleicht können wir auf dem Rückweg auf einem ruhigen, abgelegenen Rastplatz anhalten«, grinste sie und strich mir durchs Haar. »Oder wir leisten uns ein Motel, wir könnten eh gut ein paar Stunden pennen.«

»Oder wir fahren von der Autobahn ab und suchen eine einsame Wiese irgendwo auf dem Land, wo wir beides tun können.«

»Worauf warten wir dann noch?«, meinte sie und winkte den Kellner. »L'addition, s'il vous plaît!«

Wie schon gesagt, ich bewunderte sie hemmungslos.

Ein leiser Wind strich um unsere Beine. Durch die Jeans fühlte er sich noch lau an, trug aber schon mehr als nur eine Ahnung von Herbst mit sich. Die Zeit war immer meine Feindin. Monatelang verging sie gar nicht, jetzt ließ sie mir kaum Luft zum Atmen.

Wir flanierten noch ein bisschen über die breiten Bürgersteige der Champs-Élysées und sahen uns ein paar Läden an, während um uns herum die Stadt erwachte.

»Wenn du nun noch nicht morgen, sondern erst Dienstag oder Mittwoch oder so wieder heimkommen würdest«, überlegte ich laut.

Martha sagte nichts darauf.

»Mir kann nicht viel passieren«, ergänzte ich. »Ich werde zwar 'ne fiese Freizeitsperre kriegen, aber keine Verlängerung meiner Strafe oder so was.«

»Ich weiß«, antwortete sie. »Aber du kannst dir den Gedanken aus dem Kopf schlagen, dass sie dich nach zwei Dritteln deiner Haft auf Bewährung rauslassen. Was mich betrifft: Es wird ein riesengroßes Donnerwetter geben, Vorwürfe, Tränen, rührselige Versöhnung, weiter nichts. Vermutlich werde ich Kai ein paar Euro abstottern müssen, weil er sich in der Zwischenzeit einen Mietwagen nimmt. Ça va.«

Zwei Polizisten, die Hände hinter ihren Rücken verschränkt, schlenderten an uns vorbei. Sie sahen genauso aus wie in den alten Filmen mit Louis de Funès. Trotzdem kamen sie mir bedrohlich vor. Aber sie achteten nicht auf uns.

»Ich bin in der Stufe dreizehn, ich kann meinen Entschuldigungszettel selbst unterschreiben«, fuhr Martha fort. »Du musst dir überlegen, ob dir zwei Tage am Meer ein paar Monate Knast wert sind.«

»Und wenn?«

»Dann würde ich dich im Auto festbinden, dich noch

einmal vögeln und daheim einem guten Psychiater übergeben.«

»Na, das sind ja gute Aussichten, wenigstens zum Teil.«

»Für den Fall, dass ich dich nicht festbinden muss«, meinte sie, als wir wieder die Tiefgarage erreichten, »hat Kai immer einen Schlafsack und Decken und so Zeug im Auto, damit können wir's uns gemütlich machen.«

»Dein Bruder scheint 'n ziemlich cooler Typ zu sein.«

Martha zuckte mit den Achseln. »Eigentlich studiert er Politik, Soziologie und noch ein halbes Dutzend anderer Fächer. Aber er geht kaum zur Uni, sondern schlägt sich mehr oder weniger erfolgreich als freier Journalist durchs Leben. Und manchmal fährt er einfach ein paar Tage weg, wenn er von allem die Nase voll hat. Darum ist die alte Karre hier mit allem ausgerüstet, was man so braucht. Ich glaub, sein oberster Wert im Leben ist Spontaneität.«

»Muss in der Familie liegen«, fand ich.

Martha öffnete den Kofferraum. Ich schaute über ihre Schulter und staunte über das unendliche Sammelsurium. In der Tat Decken, ein Schlafsack, sogar ein paar Konserven und ein winziger rostiger Gaskocher, Straßenkarten von halb Europa, dazwischen mehrere Millionen leerer Zigarettenpackungen. Und ein großer blauer Sack, prall voll. Ich zeigte darauf und fragte: »Ein Zelt, nicht wahr?«

Martha schlug den Kofferraum so schnell zu, dass sie mir die Klappe fast auf den Kopf gehauen hätte. Geradezu drohend sah sie mich an.

So beiläufig wie möglich sagte ich: »Wir hätten alles, was wir für ein paar Tage brauchen.«

»Blödsinn«, knurrte sie und drückte mir den Autoschlüssel in die Hand. »Du fährst. Ich schätze, sobald ich sitze, schlaf ich auch schon.«

Sie nahm sich dann aber doch noch die Zeit, mich zumindest Richtung Autobahn zu lotsen.

»Wenn wir auf dem Boulevard périphérique sind, musst du dich Richtung Brüssel halten, das schreibt sich mit u und x.«

»Und in welche Richtung müsste ich mich halten, um – sagen wir mal – Richtung Bretagne zu fahren, nur so zum Beispiel.«

Sie holte Luft, zögerte und sagte dann: »Weiß nicht genau. Richtung Chartres, würde ich sagen, vielleicht wäre auch Le Mans ausgeschildert, nur so zum Beispiel. Aber denk nicht mal dran!«

Das Nächste, was ich von ihr hörte, war ihr ruhiger, gleichmäßiger Atem. Ich warf ein Tape ein, drehte das Radio leise und streichelte das Lenkrad geradezu zärtlich. Jetzt, wo Martha schlief, war ich in gewisser Weise allein mit dem alten Granada. Er war nicht so wie die Nobelschlitten, mit denen wir damals unterwegs gewesen waren, aber auch ganz anders als die ätzenden Rostlauben und Prollkarren, die Kurt und die Nachbarn so fuhren. Dieser Wagen war weder schnöselig noch erbärmlich, nicht protzig, aber auch nicht unbedeutend. Er schien in sich selbst zu ruhen. Dieser alte Granada hatte Würde und ihm war egal, ob sich ein Fiat vorbeiquetschte oder ein BMW von hinten drängelte. Er hatte zweihunderttausend auf dem Buckel und musste niemandem etwas vormachen. Er hatte einfach Standing. Ich denke, das ist das Wort. Standing. SIE hatte es auch.

Plötzlich dachte ich an den Brief, den ich, präpariert wie üblich, drinnen geschluckt, draußen geschissen und wieder eingesteckt hatte. Ich popelte ihn mit einer Hand aus der Hosentasche und wedelte ihn auseinander. Mit einem Auge auf die Fahrbahn blinzelnd, warf ich einen Blick auf das zerknitterte Blatt. Bodos Schrift sah aus wie die eines Hypermotorikers, der wegen einer gebrochenen Hand mit links schreiben musste. Sein Brief an Hans Pemmelmann war ein Haufen spätpubertärer Nazischeiße und ich ließ ihn aus dem Fenster segeln. Im Rückspiegel sah ich ihn zwischen den Autos umherwirbeln, bevor ihn ein Zwanzigtonner platt machte. Sollte ich je zurückkommen in meinen Knast, würde ich für Bodo eine gute Erklärung brauchen.

Mist, da hatte ich schon die Abfahrt verpasst! Okay, es gab zwei Möglichkeiten: Ich konnte an der nächsten Abfahrt wenden oder auf dem Boulevard périphérique einmal um ganz Paris herumfahren. Wir hatten Zeit, die Musik gefiel mir und ich entschied mich für Letzteres. Und dann kam diese Abfahrt Richtung Chartres. Vielleicht hatte mich ein anderes Auto geschnitten, so dass ich nach rechts ausweichen musste, vielleicht war es ein anderer Reflex, jedenfalls war es im nächsten Moment zu spät und wir waren auf der Autobahn nach Westen. In mein Schicksal ergeben fuhr ich weiter.

Zwischendurch passierten wir Mautstellen, was für mich völlig neu war. Aber ich schaffte es, »Bonjour« zu sagen und den Leuten ein paar Euro in die Hand zu drücken. Ob ich doch irgendwann wenden sollte?

Bretagne

Am frühen Nachmittag wachte Martha auf. Sie rieb sich die Augen, schreckte hoch und fasste mich am Arm. »Was stand da gerade auf dem Schild?«

»Weiß nicht, kann kein Französisch.«

»Was zur Hölle stand auf dem Schild?«

»Rennes, glaub ich.«

»Ach du Scheiße!«, entfuhr es ihr. Sie war plötzlich hellwach. »Dann sind wir ja schon . . .«

»Ups, bin ich in Paris wohl doch falsch abgebogen.« Ich fand mich witzig, hätte mich aber auch nicht gewundert, wenn sie mich auf der Stelle erschossen und meine Leiche in den Rinnstein geworfen hätte.

Ihr Blick war nicht zu definieren. Weil sie gar nichts sagte, meinte ich schließlich: »Du hast gewusst, was ich vorhab, und du hast mir die Richtung gesagt.«

»Arschloch.«

»Selber.«

Sie streckte den Arm aus. »Da kommt ein Rastplatz, fahr da raus.«

Es war ein Befehl, der keinen Widerspruch duldete. Also lenkte ich den Wagen nach rechts und auf einen weitläufigen einsamen Rastplatz. Gleich am Anfang parkte ein Renault, direkt daneben saß eine Familie um einen der steinernen Tische herum und picknickte. Ich ließ den Wagen bis ganz ans Ende des Rastplatzes ausrollen. Für den Fall, dass Martha mich jetzt lang und ausdauernd anschreien und verprügeln würde, musste ja nicht halb Frankreich mitkriegen, in was für eine Situation ich sie und mich hineingeritten hatte.

»Es tut mir Leid«, murmelte ich. »Ich bin halt ein Arschloch und ein ziemlicher Idiot. Ich baue eben immer Mist. Fuck!«

Marthas Stimme klang fast resigniert, als sie fragte: »Fällt dir zu dem, was du machst, nie was anderes ein?«

»Was anderes als ›fuck‹?«

»Was anderes als ›Ich bin halt ein Arschloch‹.« Sie legte ihre linke Hand auf mein rechtes Knie und sah mir ernst in die Augen. »Steh doch mal zu der Scheiße, die du baust.«

»Okay«, sagte ich. »Ich stehe dazu, dass ich mich während des Hafturlaubs aus meiner Stadt entfernt und das Land verlassen habe, dass ich blind und naiv genug bin, um mit meiner Traumfrau einen Tag am Meer zu verbringen, auch wenn es mich meine Lockerung kostet und mir etliche Wochen Arrest einbringen wird. Und dazu, dass du wegen mir einen Haufen Ärger mit deinen Eltern, deinem Bruder und deinen Lehrern kriegst.«

»Ich hab nicht gemeint, dass du gleich alle Schuld der Welt tragen sollst«, grinste sie. Ihre Finger wanderten die Innenseite meines Oberschenkels hinauf. »Für das, was mich betrifft, kann ich schon allein die Verantwortung übernehmen.« Sie knöpfte meine Hose auf und schob ihre Hand hinein. »Umzukehren bringt jetzt auch nichts mehr. Machen wir das Beste daraus.«

Auf dem Fahrersitz die Hose auszuziehen fand ich alles andere als einfach. Martha dagegen streifte ihre Hose und ihren Slip mit einer Leichtigkeit ab, als hätte sie so was schon tausendmal getan. Während ich den Sitz nach hinten verstellte und sie auf meinen Schoß kletterte, sah ich im Rückspiegel die Picknickfamilie ihren Kram einpacken und ins Auto steigen. Sie fuhren an uns vorbei ohne sich nach uns umzusehen. Ich vergrub meinen Kopf an ihrem Busen und schaltete die Außenwelt ab.

Irgendwann kramten wir unter dem Sitz einen Lappen hervor, wischten die von innen beschlagenen Scheiben frei, zogen uns an und tauschten die Plätze. Sie fuhr weiter, während ich mich in einen tiefen, erlösten Schlaf fallen ließ.

Ich hatte einen wundervollen Traum von einer bizarren, wilden Landschaft, wie ich sie von der Postkarte kannte. Ich träumte, wie wir einer Küstenstraße folgten, irgendwo anhielten oben auf der Klippe und wie unter uns die Wellen an den zerklüfteten Fels brandeten, während sich am Horizont die Sonne in den roten Wellen verlor. Fast konnte ich den Ozean riechen und die Möwen kreischen hören. Ich spürte ihre Hand in meinem Haar und die Berührung war echt. Ich wollte den Traum noch festhalten, aber seltsam, während ich aufwachte, verblasste das Bild nicht etwa, sondern wurde ganz klar. Ich reckte meine von der langen Fahrt lahmen Glieder. Es war früher Abend, Sonnenuntergang und das, was da vor uns lag, war wirklich der Atlantik. Wir stiegen aus. Ich drückte meine Knie durch und atmete tiefer ein als je zuvor.

Wir waren an einer Art Aussichtspunkt. Unter uns fiel die Klippe gut zehn Meter ab. Im Hinterland lagen sanfte

Hügel mit sattgrünen Wiesen und kleinen Pinienhainen. Martha hatte den Granada von der Straße herunter und ein Stück in die Wiese hineingelenkt, die von Heidekraut und Wildblumen dicht bewachsen war. Starker Wind wehte vom Meer herüber, brachte unsere Haare zum Flattern und zerrte an den Klamotten. Er war kühl, aber freundlich und hieß uns willkommen.

Sie legte von hinten die Arme und mich und sagte: »Das ist jetzt das Meer.«

»Ich seh's.«

Das war alles, was ich dazu sagen konnte.

Wir blieben dort so stehen und blickten auf den Atlantik hinaus, bis wir völlig durchgefroren waren. Marthas Magen knurrte hörbar.

»Haben wir noch Geld?«, fragte ich und verbesserte rasch: »Hast du noch Geld?«

Irgendwann musste ich mal im Lotto gewinnen, um ihr all das zurückzubezahlen.

»In der Nähe ist ein Fischerdorf, da gibt's einen Bankautomaten«, erklärte sie. »Ich kenn mich hier ein bisschen aus, wir haben hier mal Urlaub gemacht. Wenn ich mich richtig erinnere, dann ist da auch ein kleines Restaurant, wo man fantastische Crêpes bekommt.«

»Klingt gut«, fand ich.

Wir stiegen wieder ein und fuhren weiter. Nach einigen Kurven öffnete sich die Küste zu einer seichten Bucht mit einem breiten Strand. Fischkutter, kleine bunte Boote und Reusen erkannte man von weitem. In die bewaldete Senke schmiegte sich ein Dorf aus lauter windschiefen Bruchsteinhäusern, aus deren Mitte ein verwitterter Kirchturm ragte. Am Straßenrand sahen wir ur-alte, mit Moos bedeckte Hochkreuze, wie ich sie aus Filmen über Irland kannte. Seitlich vom Dorf lagen Campingplätze, die allesamt geschlossen waren. Überhaupt merkte man dem Dorf an, dass es sich gerade von einer langen Urlaubssaison voller Touristen erholte. Die paar Leute auf der Straße sahen uns verwundert nach. Im Herbst schienen ausländische Autos wohl kaum den Weg hierher zu finden. Am Ortseingang stand ein Schild, das den Namen des Dorfes sowohl auf Französisch als auch auf Bretonisch wiedergab. Ich hätte beide Namen niemals aussprechen können.

»In der Bretagne hat sich die Kultur der Kelten erhalten«, erklärte mir Martha. »Eine ganz ähnliche Kultur wie in Irland und Wales. Warst du schon mal in – ach nein, stimmt ja.« Sie verkniff sich den Rest des Satzes.

Mit einem leichten Schmerz durchzuckte mich der Gedanke, dass wir beide in völlig verschiedenen Welten lebten, Knast oder nicht. Wenn es den Knast nicht gäbe, hätten wir uns niemals kennen gelernt, selbst wenn wir einander begegnet wären, keine Frage.

»Guck nicht so finster«, sagte sie. »Ich werd dir irgendwann mal alles zeigen.«

Wir hielten vor einem Haus aus großen alten Steinquadern. Aus den kleinen Fenstern drang behagliches Licht hinaus.

Drinnen empfingen uns Wärme, Zigarettenrauch und der Duft von Pfannkuchen. Nur wenige Tische waren besetzt, meist von alten Leuten, die sich kurz nach uns umdrehten. Ihre wettergegerbten Gesichter gaben dem ganzen Lokal den Charme einer Piratentaverne. Da brauchte es kaum die Fischernetze und die Schiffslaternen an den Wänden. Der Wirt war ein kleiner rundlicher Mann, auf dessen Glatze sich das Licht spiegelte. Er begrüßte uns überschwänglich und ließ einen Redeschwall über uns niedergehen. Wie ich hinterher erfuhr, wunderte er sich junge Ausländer um diese Jahreszeit hier zu sehen, die Nachsaison ende doch im September, und er wollte wissen, ob wir Briten seien. Martha wies das empört von sich, erklärte, wir seien zwei deutsche Studenten, die mal ausspannen wollten. Sie outete sich als begeisterter Bretagnefan, was den Wirt zu einem wortreichen Vortrag hinriss. Wir hätten ziemlich Glück, fand er, denn im Oktober würde die Gegend gewöhnlich von den ersten Stürmen heimgesucht, aber zurzeit hätten wir ja tolles Wetter. Schließlich wies er uns einen Tisch am Fenster zu, brachte uns eine große Flasche Cidre, den man offensichtlich aus kleinen Schalen trank, und die Karte. Es gab helle Crêpes und dunkle, süße und pikante, Crêpes mit Schoko und Eis, mit Champignons und Camembert, mit Krabben und mit Lachs und so weiter und so fort. Wir hatten seit unseren Croissants am Morgen nichts gegessen.

Zuerst probierten wir allerdings eine Fischsuppe. Das passte zwar nicht ganz zusammen, fand Martha, aber wenn ich schon mal in der Bretagne wäre, dann müsste ich unbedingt Soupe de Poisson essen, alles andere wäre eine schlimme Unterlassungssünde. Danach probierten wir fast jede Sorte Crêpes aus, der Wirt hatte seine helle Freude an uns. Zwischendurch tranken wir den herben Cidre und rauchten und Martha erzählte tausend interessante Sachen über das Land und die Gegend, die ich unmöglich jemals würde behalten können, und dann gab es noch Calvados und Kaffee.

Am Schluss waren wir völlig überfressen, hundemüde und glücklich. Der Wirt wollte wissen, wo wir übernachten würden. Martha warf mir einen Blick zu, aber da ich nicht wusste, was gesprochen wurde, guckte ich nur blöde zurück. Dann erklärte sie ihm, wir würden noch weiterfahren, eine Freundin von ihr wohne in Quimper.

»Bon voyage«, wünschte der kleine runde Wirt und brachte uns noch zur Tür.

»Gute Frage, was?«, meinte Martha, als wir wieder im Auto saßen. »Wo wir diese Nacht pennen, meine ich.«

Ich zeigte mit dem Daumen über meine Schulter nach hinten zum Kofferraum. »Wir haben das Zelt«, sagte ich und schlug vor: »Wir hauen uns in die Dünen.«

»In den Dünen kann man keine Heringe befestigen«, lachte Martha. »Gezeltet hast du wohl auch noch nicht.«

»Damals in Holland haben wir einen Wohnwagen gemietet«, entschuldigte ich mich.

Martha ließ den Wagen an und fuhr gemächlich zum Dorfausgang. Zur Linken und zur Rechten lagen große, jetzt völlig unbenutzte Parkplätze für die lauffaulen Badegäste im Sommer. Martha lenkte den Wagen die Straße entlang und vorbei an einem Schild, das Menschen aller Kulturen und Sprachen unmissverständlich klar machte, dass die Durchfahrt hier vollkommen unerwünscht sei. Die Straße ging in einen staubigen Weg über und endete schließlich zwischen hohen Ginsterbüschen an einem hölzernen Schuppen, wo anscheinend während des Sommers Eis und Cola verkauft wurden. Vor uns ragten die Dünen in die rosa Abenddämmerung und auf ihren Kämmen wiegte sich der Strandhafer.

»Hier ist ein Spitzenplatz«, fand Martha. »Im Windschatten dieser Hütte dürften wir uns wohl nichts abfrieren.«

Ich beugte mich zu ihr hinüber und zitierte: »Ich will mit dir für immer leben. Wenigstens in dieser einen Nacht.«

Sie kannte das Lied, grinste und fuhr fort: »Lass uns jetzt beide keine Fragen stellen, weil keine Antwort für uns passt.«

Sie wendete das Auto so, dass die Scheinwerfer die Stelle beleuchteten, die sie für das Zelt ausgesucht hatte. Es aufzubauen war eine vollkommen neue Erfahrung für mich. Es grenzte an ein Wunder, dass ich mich weder im Gewirr der tausend Schnüre strangulierte noch mir mit dem komplizierten Gestänge ein Auge ausstach. Martha leitete die Operation mit Kommandos wie »Hier durchstecken« und »Drüben auch festknoten« oder »Jetzt gemeinsam hoch!«, bis plötzlich und für mich völlig unerklärlich ein schönes rundes Igluzelt vor uns stand, das drinnen sogar noch größer war, als es von außen den Anschein hatte. Ich war begeistert. Wir warfen alles, was wir an Decken im Auto fanden, hinein und wussten, dass wir auch bei einem Temperatursturz von zwanzig Grad nicht frieren würden.

Trotzdem verspürte ich noch keine Lust, mich ins Zelt zu legen.

»Ist dein Bauch auch so voll?«, fragte ich.

Martha nickte und schlug vor: »Lass uns noch zum Strand gehen.«

War auch meine Idee gewesen. Wir zogen Schuhe und Strümpfe aus und marschierten los, durch die Dünen und zum Strand, wo inzwischen der Mond hoch über dem Meer stand und die Wellen versilberte.

Wie kleine Kinder liefen wir hin, sprangen in die Brandung und hüpften herum, bis unsere Hosen ganz nass waren. Dann schlenderten wir Hand in Hand durch das seichte Wasser. Wie ein richtiges Liebespaar.

Ich malte mir aus, was morgen passieren würde, wenn man mich ernstlich zu vermissen begann – im Knast, auf meiner Abteilung. Was wohl der Priester denken würde? Mutter und Kurt waren inzwischen sicher völlig am Ende mit den Nerven.

»Was denkst du?«, wollte Martha wissen. Ich mochte diese Frage noch nie.

»Nichts Schönes«, sagte ich und meinte dann: »Da denke ich ein anderes Mal drüber nach.«

»Schieb's nicht zu lange auf«, meinte Martha, die anscheinend ahnte, was mir durch den Kopf ging.

»Morgen werde ich eine Entscheidung treffen«, versprach ich. »Lass uns heute nichts mehr denken.«

»Okay«, sagte sie und fiel ohne Vorwarnung über mich her.

Wir trieben es am Strand und die halbe Nacht im Zelt und lagen dann lange unter unseren vielen Decken und erzählten uns was über die Toten Hosen und Rudi Völler und James-Bond-Filme und Astrophysik und Teesorten und was uns so einfiel.

Ich hatte nur noch einen einzigen Wunsch, dass diese

Nacht niemals enden möge, dass die Sonne niemals wieder aufginge, dass das Leben hier und jetzt stehen bliebe. Dass die Zeit mich endlich in Ruhe ließe. Ehe wir wussten, was geschah, wurde es schon hell.

Unser Schlafrhythmus war mittlerweile total im Eimer, nachdem wir zwei Nächte mehr oder weniger durchgemacht hatten. Also pennten wir bis mittags. Martha besorgte ein paar Croissants und Milch im Dorf, wir frühstückten und gingen dann ins Meer. Für Sex war das Wasser leider zu kalt, wir blieben nur ein paar Minuten im Wasser. Anschließend legten wir uns nackt an den Strand, denn wir waren ganz allein, und ließen uns vom Wind trocknen. Zwar bekamen wir ziemlich bald eine Gänsehaut, aber es gefiel uns, so frei nebeneinander auf dem Bauch zu liegen. So weit, so gut.

Irgendwann – und es war klar, dass es kommen musste – sagte sie: »Du hast gestern was von einer Entscheidung gesagt.«

Sie strich mir mit der Hand über den Rücken. Das war angenehm warm.

»Finistère heißt die Gegend hier, nicht wahr?«, entgegnete ich. »Ich hab ja früher auch mal Latein in der Schule gehabt. Heißt *finis* nicht *Ende*?«

»Und *terra* heißt *Erde*«, ergänzte Martha. »Das Ende der Welt. Finistère ist das Stück Land, das am weitesten ins Meer ragt.«

»Für mich klingt das eher nach Ende der Fahnenstange«, brummte ich und malte mit dem Finger im Sand herum. »Ich könnte mir gut vorstellen für immer hier zu bleiben.«

»Irgendwann später?«

»Nein, jetzt.« Ich verwischte den Sand, griff mit der Hand hinein und ließ ihn langsam durch meine Finger rieseln.

»Du spinnst«, sagte Martha. »Das ist nicht mehr verrückt, das ist einfach nur noch dumm. Naiv. Feige. Wie würdest du leben? Im Untergrund? Ab und zu mal eine Bank überfallen? Du bist hier nicht irgendwo in Südamerika, du bist in Frankreich, mitten in der EU. Du bist schneller wieder daheim, als du Piep sagen kannst.«

»Piep«, sagte ich und drehte mich um. Martha legte ihren Kopf auf meinen Bauch und bohrte grübelnd in meinem Nabel herum.

»Du musst zurück.«

»Ich will nicht.«

»Und die Zukunft?«

»Wir haben doch keine. Hast du selbst gesagt.«

»An der Stelle waren wir gestern schon«, erwiderte sie, »als wir in Paris darüber gesprochen haben. Ich hab gesagt, ich könnte auf dich warten.«

»Und ich hab gesagt, dass das nicht geht. Der Knast ist voll von Leuten, die von ihren Frauen verlassen worden sind. Ein paar halten ihre Beziehung noch irgendwie am Laufen, aber das ist schwer genug, sogar für Paare, die schon ewig zusammen sind. Aber wir – es ist so gut wie unmöglich.«

»Unmöglich«, wiederholte Martha und kniff mich in den Bauch. »Das Wort passt gar nicht zu dir.«

Was sie sagte, erinnerte mich an mein Gespräch mit Bergkämper. Ich sollte mich fragen, hatte mir der Käfigheilige geraten, wie ich mit dem Unmöglichen umgehen wollte.

Marthas Kopf näherte sich meinem.

»Ich sag dir jetzt mal was«, kündigte sie an. »Aber wenn du wieder reingehst, dann wird vielleicht nichts aus uns. Wenn du's nicht tust, dann haben wir noch nicht mal den Hauch einer Chance. Also, wenn du –«

»Ich weiß schon, was kommt«, winkte ich ab. »Du meinst, wenn ich dich wirklich liebe, dann gehe ich wieder rein.«

»Nein.« Sie schüttelte den Kopf. »Nicht, wenn du *mich* liebst, sondern wenn du *dich* liebst, dann gehst du zurück.«

Ich richtete mich ein wenig auf und stützte die Ellenbogen in den Sand. »Wie meinst du das?«

»Du musst dich verdammt noch mal selbst lieben«, erklärte sie mir eindringlich. »Du scheißt doch auf deine Zukunft. Aber wie kannst du behaupten, dass du mich liebst, wenn du dir selbst total egal bist? Dann bist du doch gar nicht fähig zu lieben, höchstens zu ficken.«

»Ich bin mir aber nicht egal!«, erwiderte ich bestimmt und warf eine Hand voll Sand nach ihr. Dann setzte ich mich auf, nahm sie in den Arm und gestand leise: »Ich bin mir nicht mehr egal, seit ich dich kenne. Was ist mit dir? Liebst du dich und mich?«

»Beide gleich«, lächelte sie. »Und zwar für immer, das weiß ich ganz, ganz sicher. Selbst, wenn nichts aus uns werden sollte, wenn ich irgendeinen Typen heirate und einen Haufen Kinder mit ihm kriege und so weiter, werde ich für den Rest meines Lebens jeden Tag an dich

denken. Nach dem Aufwachen. Und vor dem Einschlafen. Und dazwischen.«

»Klingt wie ein Versprechen«, meinte ich.

Sie sagte: »Ist kein Versprechen, ist eine Tatsache. Lass
uns den Tag heute genießen und morgen heimfahren.«

Ich löste mich aus ihren Armen, sprang auf und schrie
herum: »Verdammt, verflucht, verfickt!« Das befreite immerhin ein bisschen. Mit einem tiefen Seufzer sagte ich.
»Okay, so machen wir's.«

Ich fiel auf die Knie, ließ den Kopf sinken und verbarg
das Gesicht in den Händen. Sie kam zu mir und drückte
mich an sich. Ich spürte ihre von der Kälte ganz harten
Brustwarzen an meinen Armen und prägte mir das Gefühl ein. Für immer, zumindest für den Rest meiner
Haftstrafe.

Ausrasten

Das Gesicht in den Händen verborgen, hatte ich die
ganze Zeit geschwiegen. Als ich jetzt endlich wieder auf-
sah, blickte ich in die teilnahmslosen Augen des Chefs.

»Wenn Sie nichts sagen wollen, Herr Landberg, scha-
det Ihnen das natürlich nichts. Andererseits nutzt es
auch nichts.« Er schloss meine Akte mit den Worten:
»Gut. Vier Wochen Arrest. Schule, in Ordnung. Aber
kein Fernsehen, kein Radio, keine CDs, kein Umschluss,
kein Aufschluss. Ausgang oder Urlaub ist für Sie ab jetzt
wieder außer Reichweite gerückt.«

Matschulla lächelte aufmunternd und sagte: »Vier

Wochen Arrest haben schon ganz andere Leute überlebt, das schaffen Sie auch. Kommen Sie, Herr Landberg. Ich bring Sie auf Zelle.«

Arrest. Die Arrestzelle war eine ganz normale Zelle wie alle anderen auch. Acht Quadratmeter, ein Bett, ein Klo ohne Brille, ein Waschbecken, ein Tisch und ein Kleiderschrank, ein Schalter an der Wand. Ansonsten natürlich vollkommen nackt. Keine Bilder an der Wand, keine Musik, nichts. Ich warf mich aufs Bett, während geräuschvoll das Schloss einrastete und Matschullas Schritte sich entfernten. Nach all den tristen Monaten im Knast hatte ich in den letzten Tagen so viele Eindrücke aufgesogen, dass ich sie überhaupt nicht sortiert bekam. Wie ein Flash zogen Bilder und Töne, Worte und Sätze durch mein Hirn.

Der Probenraum, der Granada, das Café auf den Champs-Élysées, das kleine Dorf an der bretonischen Küste, der Strand.

Ihre Augen, ihr Mund, ihre schwarzen Locken, ihre rote Strähne, ihre Nase, ihr Nacken, ihr Rücken, ihre kurzen Achselhaare, ihre Schamhaare, ihr Lachen, ihre Witze, ihre Zähne, ihr Duft, ihre Bewegungen . . . Ich bekam Angst, plötzlich irre zu werden.

Wir hatten am Meer noch einen unsterblichen Tag erlebt, bevor es Zeit geworden war. Wir hatten zwanzig Stunden gebraucht für den Rückweg, dann hatte mich Martha bei mir daheim abgesetzt. Wir verabschiedeten uns mit einem nicht enden wollenden Kuss und einem stummen Versprechen. Okay, ehrlich gesagt war dieser Abschied einfach scheiße. Was auch sonst?

Klar, dass die Aufregung riesengroß gewesen war. Ich hatte in knappen Sätzen erzählt, was ich in den vergangenen sechzig Stunden erlebt hatte. Mutter und Kurt waren dem Verzweifeln nahe. Ob ich denn niemals vernünftig werden würde, wie ich nur so furchtbar dumm sein könnte, ob ich denn für immer im Knast bleiben wollte – und dann auch noch ein Mädchen da mit reinzuziehen! Nur Lucy brachte etwas Verständnis für mich auf. Kurt hatte mich dann wieder hier abgeliefert.

Und da lag ich nun. Inzwischen war Dienstag. Für mich gab es heute keinen Unterricht mehr, für sie auch nicht. Nächste Woche würde ich sie wieder sehen. Für neunzig Minuten. Im Kunstunterricht! Herrgott, wir konnten doch nicht im Klassenraum übereinander herfallen und uns auf dem Tisch lieben. Wir konnten genauso wenig einfach nebeneinander sitzen und so tun, als wäre nichts zwischen uns, als hätte es diese Tage niemals gegeben. Wie sollte ich bloß diese Stunde überleben? Wie die sechs Tage bis dahin? Wie die sechs Tage danach? Wie konnte ich überhaupt noch leben?

Instinktiv fuhr meine Hand über den Tisch neben meinem Bett, die Stelle, wo in meiner Zelle wochenlang der Heidegger gelegen hatte. Er hätte mir helfen können, meine Gedanken in Ordnung zu bringen. Ich sehnte mich zurück zu seiner kühlen Logik, zu den glasklaren Folgerungen, zur Präzision seiner Sprache, die eine so sachliche Analyse der Wirklichkeit war. So frei von jeglichem Gefühl.

Die Wände blickten teilnahmslos auf mich herab. Nicht mal den Ghetto hatten sie mir gelassen. Wenn ich jetzt die CD von den Hosen reingeworfen hätte, wäre ich wohl erst recht depressiv geworden.

Es gab immerhin einen Mann, mit dem ich reden wollte. Also füllte ich einen Antrag aus, um den Priester zu treffen.

Danach wartete ich auf das Abendessen.

Danach wartete ich auf den Sonnenuntergang.

Danach wartete ich auf den Morgen.

Hockte am offenen Fenster und fuhr mit dem Finger die Gitter hinab und hinauf. Wie ich schon mal sagte: Sie enttäuschten mich nie, zwischen ihnen, den Gittern, und mir war alles klar.

»Hey, Landberg!« Das war Bodo. »Landberg! Bist du da?«

Ich ließ ihn eine Weile lamentieren, bevor ich mich meldete. »Bin hier. Was ist?«

»Was zum Henker hast du angestellt, du kleines Arschloch?«

Klar, er war sauer, weil ich auf absehbare Zeit keinen Hafturlaub mehr bekam. Damit fiel ich als Bote für ihn und seine Nazifreunde aus.

Da ich nicht antwortete, rief er: »Hast du den Pemmelmann getroffen? Warst du in der Kneipe?«

»Nein!«, gab ich zurück. »Ich war verhindert.«

»Verhindert?« Bodo musste in seiner Zelle einen mittleren Tobsuchtsanfall kriegen. »Verhindert? Bist du total weich in der Birne? Was heißt verhindert? Du hast mich verraten, du miese kleine Zecke!«

Unten blitzte eine Taschenlampe auf. Der helle Strahl wanderte über die Fassade, streifte kurz mein Gesicht und blieb offenbar an Bodos Fenster hängen.

»Schnauze da oben«, rief ein Grüner von unten. »Sonst Popshop, klar?«

Darüber konnte ich nur hohl lachen.

Bodo rief: »Klar, Mann«, und zu mir: »Gute Nacht, Landberg! Wir sehen uns auf dem Hof!«

Dann herrschte Ruhe. Außer in meinem Kopf. Okay, Bodos letzter Satz war so etwas wie die offizielle Zustellung meines Todesurteils. Ich versuchte ruhig darüber nachzudenken. Kein Umschluss, kein Aufschluss, in der Freistunde musste ich ja nicht zwingend auf den Hof gehen, ich konnte mich auch beim Schulsport austoben. Ich brauchte Bodo also in den nächsten vier Wochen nicht zu begegnen. Die einzige Schwachstelle lag in der Dusche. Wir duschten immer jeweils zu dritt. Mit etwas Pech würde ich an zwei seiner Freunde geraten oder an ihn selbst. In der Dusche stellte ich es mir besonders ekelhaft vor, weil alles so glitschig und man selber nackt war, so völlig ausgeliefert. In meiner Fantasie sah ich mein Blut in einem Strudel in den Abfluss gurgeln. Andererseits konnte ich auch direkt nach dem Sport duschen und einfach auf die regulären Duschzeiten verzichten. Mal sehen.

Es gab auch die Möglichkeit, mich Matschulla zu offenbaren. Wenn jemand meldet, dass er bedroht wird, nehmen die Grünen das sehr ernst. Was aber auch bedeuten würde, Bodo zu verzinken. Damit wäre ich erst recht geliefert.

Aber es existierte noch eine weitere Möglichkeit. Sie dämmerte mir in den frühen Morgenstunden. Ich hatte nicht geschlafen, nur aus dem Fenster gestarrt, an SIE gedacht und mich für meine Rückkehr verflucht. Als die Sonne aufging, dort hinter der Außenmauer, wusste ich es: Ich wollte mich existenziell verändern. Sterben wollte ich oder töten oder am liebsten beides gleichzeitig. Ja, ich wollte mich Bodo stellen und ihm was auf seine tumbe Glatze geben. Natürlich zweifelte ich keinen Moment daran, dass ich gegen ihn nicht die geringste Chance hatte. Und vielleicht war das auch gut so.

Ich kam mir vor, als hätte ich mir einen Ritterhelm aufgesetzt und das Visier heruntergelassen. Ich nahm die Welt um mich herum nur noch wie durch den Sehschlitz wahr. Ich atmete tief durch, als Matschulla mittags die Zellentüre öffnete und mich zur Freistunde rausließ. Bodo ging weit vorne die Treppe hinunter. Auf dem Hof verlor ich ihn kurz aus den Augen. Jeder Muskel in meinem Körper war angespannt. In mir hatte sich ein blinder Hass ausgebreitet, der jedes andere Gefühl verdrängte, und das tat mir wirklich gut. Durch meinen Sehschlitz sondierte ich die Lage, suchte nach ihm wie ein ausgehungerter Wolf nach Beute.

Und plötzlich war Bodo hinter mir und der stechende Schmerz in der Seite verriet mir, dass er seine Gabel aus der Zelle mit auf den Hof geschmuggelt hatte. Jablonski baute sich vor mir auf und grinste in mein schmerzverzerrtes Gesicht. Er verstellte den Grünen die Sicht auf mich, niemand schien etwas mitzubekommen. Ich fühlte die stumpfen Zinken der Gabel durch meine Jacke in der Nierengegend, ein unbarmherziger Druck, der umso mehr weh tat, je mehr ich versuchte mich zu bewegen.

»Wir müssen reden, Kleiner«, grunzte Bodo in mein Ohr.

Ich wand mich unter den Schmerzen. Mit seiner freien Hand zog Bodo meinen linken Arm nach hinten und verdrehte ihn mir auf dem Rücken, dadurch krümmte ich mich und merkte irgendwie, dass mein rechter Arm ziemlich frei in der Luft hing. Keine Ahnung, wie ich das dann machte, aber irgendwie fuhr ich herum, und während die Gabel meine Jacke und mein T-Shirt zerfetzte und die Gabelzinken stumpf in meine Seite drangen, traf mein Ellenbogen Bodos Nase und zertrümmerte sie mit einem Schlag. Bodo heulte auf, taumelte, dann ließ der Schmerz in meiner Seite nach und ich erwartete Bodos Aufprall auf dem Pflaster, doch er fiel in Al-Hakkas Arme, der urplötzlich aufgetaucht war. Der Araber warf Bodo seitlings zu Boden, holte mit dem rechten Bein wie zu einem Volleydistanzschuss aus und trat dem Skin mit ungebremster Wucht ins Gesicht. Das Blut spitzte bis auf meine Schuhe, das sah ich durch den Visier meines Helmes. Ich warf mich auf ihn.

»Ich bring dich um, Nazischwein!« Die Stimme überschlug sich und sie gehörte mir, stellte ich fest. Es war wie ein Rausch. Ich schlug völlig unkontrolliert auf ihn ein. Ich weiß gar nicht, ob er sich wehrte und nicht, ob er schrie oder ob er vielleicht sogar schon tot war.

Mir fehlt jede Erinnerung, wer uns auseinander trieb, was mit Al-Hakka passierte, ob Bodo noch lebte, was aus Jablonski geworden war. Drei Grüne waren nötig, um mich unter Kontrolle zu kriegen. Mit einem richtigen Aufgebot schleiften sie mich aufs Krankenrevier, wo man feststellte, dass Bodos Gabel nur einen fetten Blut-

erguss unter der Haut und ein paar Schrammen hinter-
lassen hatte.

Einer sagte was von B-Zelle, so viel bekam ich gedämpft durch meinen Helm mit. B-Zelle, die Beruhigungszelle, oder wie man unter Knackis sagte: der Bunker.

Vom Bunker hatte ich nur gehört, kannte ein paar Leute, die jemand kannten, der da mal dringesessen haben sollte. Damals, während der Zeit auf Bodos Zelle, hatte Bodo mir ein paar Horrorgeschichten über die B-Zelle aufgetischt. Ich hatte nie wieder darüber nachgedacht, weil ich bis jetzt nicht damit gerechnet hatte, den Bunker jemals von innen zu sehen. Der Bunker war die aller-letzte Station einer langen Reise nach ganz unten. Der Bunker war das letzte Mittel, das die Grünen hatten. Und seine Türe öffnete sich vor mir.

Erst als die Grünen weg waren, nahm ich langsam den Helm ab und warf ihn in die Ecke. Nun konnte ich wie-der richtig sehen und hören. Leider.

Bunker

Ich schätzte den Bunker auf zehn Quadratmeter. Versie-gelter Boden. Beton unter mir, über mir, um mich he-rum. Eine dünne Matratze auf dem Boden, eine Woll-decke. In der Ecke ein Loch im Boden zum Scheißen. In der Mitte der Decke eine Kamera. Drum herum Flecken von Essen, das wohl irgendwer an die Decke und gegen die Linse geworfen hatte, um den Grünen das Bild zu verkleistern. Die Mauer war dick. Zwischen mir und den Gittern, die enger waren als in meiner alten Zelle, Plexiglas. Mattes Licht filterte sich zu mir durch. Beleuchtete organische Verbindungen auf Kohlenstoffbasis, angezogen mit Shorts, T-Shirt und Socken; mehr Kleidung hatten sie mir nicht gelassen.

Meine Seele war einfach draußen geblieben. Im Gegensatz zu mir, ich war einfach wieder reingegangen. Für SIE? Für mich? Für meine »Zukunft«? Für irgendwas auf dieser Scheißwelt?

Mein Kopf war voll von Bildern. Bildern von Bäumen, Wiesen, Wellen, Weite, Horizont. Bildern, wie SIE nackt, schwitzend, duftend sich an mich drängte. Mein Kopf war voll von Klängen, von Musik, Meeresrauschen, voll von den Worten, die SIE gesagt hatte.

#Jetzt

Ich hab dir was von mir erzählt. Nicht zu viel. Gerade so, dass du merken konntest, worauf es mir ankommt. Und da sitze ich nun. Schon eine ganze Weile. Im Bunker. Und fange langsam an richtig zu stinken. Bin kaum noch ein Mensch. Ich frage mich, ob SIE wohl inzwischen wieder beim Kunstunterricht gewesen ist, ob irgendwer, zum Beispiel Bernd, ihr erklärt hat, was inzwischen passiert ist. Und was sie wohl darüber denkt.

Und dann ist es so weit. Der Dachdecker – will sagen: der Psychodoc – gibt mir die Ehre eines Besuchs. Er fragt mich aus über alles und jedes und ich erzähle ihm alles und jedes und mache, glaube ich, die volle Punktezahl bei diesem Wer-ist-normal-Quiz. Ich darf duschen und zurück auf Zelle. Nicht in die Arrestzelle, sondern auf meine gute alte Hütte, in der ich seit März quasi zu Hause war. Wenig später taucht Bergkämper auf und ich merke, dass ich mich tatsächlich freue.

Bergkämper bringt mich in sein Büro. Meine erste Kippe seit einer Woche schmeckt ekelhaft. Das ist immer so, wenn man ein paar Tage nicht geraucht hat. Nach vier Stück geht es besser, die Fünfte kann ich richtig genießen. Bergkämper guckt mir zu und schweigt.

Bis ich ihn frage: »Wissen Sie, was mit den anderen Leuten ist?«

Der Priester nickt.

»Was ist mit Bodo?«

»Schädelbasisbruch.«

»Scheiße. Und Al-Hakka?«

»Zwangsverlegt. Jablonski hat nur ein paar Rippen gebrochen.«

Ich trinke mit einem Zug den heißen Kaffee aus, den Bergkämper mir eingeschenkt hat, und stelle mit möglichst sachlichem Ton fest: »Ich habe Sie enttäuscht, richtig?«

»Ja. Das haben Sie.«

»Und wenn ich Sie wieder enttäuschen würde?«

»Es ist mein Job, Ihnen was zuzutrauen und manchmal enttäuscht zu werden, dafür...«

»Ja, schon gut, ich weiß. Dafür werden Sie ja bezahlt. Warum sind Sie nur immer so verdammt cool? Sie wollen ein Priester sein?«

Er lacht. »*Das sagen gerade Sie. Wenn Sie im Raum sind, müsste ich mir eigentlich einen Pullover überziehen, so kalt wird es.*«

»*Was soll ich tun?*«

»*Ich rate Ihnen nichts. Ich bin, was Sie betrifft, mit meinem Latein am Ende. Ich habe keine klugen Tipps für Sie.*«

»*Was sind Sie denn dann für ein Seelsorger!*«

»*Ich bin altmodisch, ein Kind meiner eigenen Zeit. Was ich für Sie habe, ist Empathie, meine unbedingte Solidarität. Ich habe auch Empathie für Bodo Ingel und Al-Hakka und eben für Sie, was immer Sie auch tun. Nicht verwechseln! Ich rede nicht von dem, was Sie so treiben, ich rede nur von Ihnen selbst.*«

Ich drücke meine Kippe aus und schaue zum Telefon. »*Darf ich?*«

»*Nur zu*«*, sagt der Priester und erhebt sich.*

Ich nehme hinter seinem Schreibtisch Platz und greife nach dem Hörer. Marthas Nummer kenne ich noch. Bergkämper steht eine Weile unschlüssig herum, dann holt er seine Gießkanne vom Regal, lässt Wasser ein und schickt sich an seine Topfblumen zu befeuchten. Dabei kehrt er mir den Rücken zu.

Ich drehe mich mit dem Schreibtischstuhl zum Fenster und sehe drei Bauarbeiter und zwei Knastkollegen als Hilfsarbeiter bei der Zigarettenpause. Sie sitzen abseits des Gerüsts, das sich nach wie vor an die Außenmauer des abgesperrten Hofes schmiegt.

SIE meldet sich. Hastig sage ich: »*Ich bin's, Tim, ich liebe dich, vergiss das nie. Ich melde mich wieder.*«

Ich höre noch, wie sie irgendwas in den Hörer ruft, aber da habe ich schon das Fenster geöffnet, hocke auf dem Fenster-

brett und springe ohne auch nur einen Sekundenbruchteil zu zögern. Der Aufprall ist hart, ich lande auf den Füßen und knicke nach links weg. Ein heißer Schmerz fährt durch meinen Knöchel. Kein Bänderriss, nichts gebrochen, denke ich, und renne los. Es tut weh, aber solange ich laufe, bleibt der Schmerz unter Kontrolle. Die drei Bauarbeiter springen auf, glotzen die beiden Knackis an, die glotzen achselzuckend hinter mir her. Ich erklimme die erste Leiter des Gerüsts und blicke kurz zurück. Oben am Fenster seines Büros steht Bergkämper. Sein Gesicht zeigt eine seltsame Mischung aus Resignation und Sympathie. Er ruft etwas, ich verstehe es nicht. Dann stehe ich auf der Mauerkrone. Auf der anderen Seite liegt ein breiter Grünstreifen, gut fünf Meter unter mir. Ich schaue die Straße, die entlang der Mauer führt, gut dreihundert Meter hinauf und erkenne dort eine Bushaltestelle, wo einige Schulkinder auf den Bus warten. Der nähert sich von der anderen Seite. Ich könnte ihn erreichen und wäre weg!

Jemand hat Alarm gegeben. Grüne tauchen auf dem Hof auf, dann auch auf den umliegenden Dächern. Das ging ja schnell. Die SoKo. Sie schreien mir zu, ich solle doch vernünftig sein und so weiter. Ich muss runter von dieser Mauer. Zur einen Seite springen, zurück in den Hof, in die sichere Gewissheit. Oder nach vorn, in die ungewisse Freiheit. Der Bus kommt näher. Ich sollte mich endlich entscheiden. Die Möglichkeit ist die ursprünglichste Bestimmtheit des Daseins.

Meine Zeit läuft. Ich muss mich entscheiden!

Okay.

Ich springe jetzt.

Sorry

Gut, ich kann verstehen, dass du sauer bist. Du hättest zumindest gern gewusst, zu welcher Seite der Mauer ich nun springe. Aber das ist eine verdammt schwere Entscheidung. Und um ganz ehrlich zu sein, ich weiß es nicht. Wenn es ginge, würde ich vermutlich jahrelang dort oben auf der Mauerkrone stehen bleiben. Aber das ist wohl nicht drin. Vielleicht kommt es gar nicht darauf an, wie man sich entscheidet, sondern dass man sich entscheidet, sonst entscheiden nämlich andere für dich oder das Schicksal oder weiß der Geier. Vielleicht ist das auch nur eine beknackte Floskel, kann ja sein. Und jetzt guck nicht so. Ich hab von Anfang an gesagt, du sollst mir nicht vertrauen. Wie würdest du dich denn entscheiden? He?

Klar, ich wüsste natürlich auch gern, ob ich eines Tages mit Martha »zusammenkomme«, also eine richtige Beziehung habe mit allem Drum und Dran. Aber das weiß ich genauso wenig wie du. Aber eins weiß ich schon, nämlich dass – egal wie alles weitergeht, egal, ob wir uns jemals wiedersehen – unsere Tage in Frankreich niemals sterben können und dass SIE an mich denkt. Nach dem Aufwachen. Und vor dem Einschlafen. Und dazwischen.

Vielleicht beruhigt dich das.

Also mich schon.

Danke

Ich bedanke mich bei den Gefangenen, den Mitarbeiterinnen und Mitarbeitern und der Leitung der Justizvollzugsanstalt Siegburg, wo ich den Alltag jugendlicher Strafgefangener kennen lernen konnte.

Mein besonderer Dank gilt meinen Interviewpartnern

Dennis, Dieter, El-Housseine, Jens und Patrick

für stundenlange offene und inspirierende Gespräche,

sowie dem katholischen Gefängnisseelsorger

Pfarrer Werner Kaser,

der mir alles zeigte, alles erklärte, mir jede Türe aufschloss, hinter die ich gucken wollte, und auf jede noch so abwegige Frage eine Antwort wusste.

Ohne seinen Einsatz wäre dieses Buchprojekt nicht möglich gewesen.

Christian Linker

Junge Literatur im <u>dtv</u>

Verena Carl
Lady Liberty
Roman · <u>dtv</u> 20467
Jenny ist überzeugt, daß
hier in New York das ganz
große Leben und die ganz
große Freiheit anfängt. Aber
Queens ist nicht Manhattan,
und erst mal ist Langeweile
angesagt. Bis Jenny Leroy
trifft – den Fahrradkurier
und Slam-Poeten aus der
Lower East Side.

Chimo
sagt Lila
Roman · <u>dtv</u> 20499
Rauh und anrührend,
schockierend offen und
unschuldig: die Geschichte
der ungewöhnlichen Liebe
zwischen Chimo, dem jun-
gen Araber, und Lila, dem
blonden Mädchen aus dem
Hochhaus gegenüber, ir-
gendwo in der Peripherie
von Paris.

Arno Geiger
Irrlichterloh
Roman · <u>dtv</u> 20485
Ein heißer Großstadt-
sommer, zu heiß für lange
Haare. Als Ann-Kathrin
plötzlich mit neuer Frisur
daherkommt, ahnt Jonas,
daß Veränderungen ange-
sagt sind. Bald darauf muß

er feststellen, daß seine
Freundin ihn verlassen hat.
Bei Jonas knallen alle
Sicherungen durch … Ein
abgedrehter Liebesroman
voll Witz, Drive und
Phantasie.

**Mittendrin –
berauscht von dir**
Erzählungen · <u>dtv</u> 20480
Herausgegeben von
Beate Schäfer
Abenteuer XXL in Vene-
dig, Extrem-Shopping in
Frankfurt, Berberbühne in
Berlin, New Yorker Night-
life – fünfzehn berauschende
Geschichten, die spannend
sind und schräg, verrückt
oder nachdenklich und im-
mer voller Lebenslust.

Peter Schwaiger
Vito
Roman · <u>dtv</u> 20498
Von ferne bewundert
Manni die coolen Typen
mit den Mopeds. Der Fünf-
zehnjährige ist neu in der
Kleinstadt. Um sich mit
Vitos Clique anzufreunden,
tut er alles: Ein bedroh-
liches Ringen um Macht,
Zuneigung und Anerken-
nung beginnt.